Martin Bolz

# Der Ring mit den vier Steinen

# Kinderwelten

## Band 9

Martin Bolz

# Der Ring mit den vier Steinen

LIT

Bilder: Sämtliche Bilder (inkl. Umschlagbild) sind gemalt
von Emy Huducek, befinden sich in Privatbesitz, fotografiert vom Autor

Mit freundlicher Unterstützung
des Evangelischen Krankenhauses Wien

**Bibliografische Information der Deutschen Nationalbibliothek**
Die Deutsche Nationalbibliothek verzeichnet diese Publikation in der
Deutschen Nationalbibliografie; detaillierte bibliografische Daten sind
im Internet über http://dnb.d-nb.de abrufbar.

ISBN 978-3-643-50392-3

©LIT VERLAG GmbH & Co. KG
Wien 2012
Krotenthallergasse 10/8
A-1080 Wien
Tel. +43 (0) 1-409 56 61
Fax +43 (0) 1-409 56 97
e-Mail: wien@lit-verlag.at
http://www.lit-verlag.at

LIT VERLAG Dr. W. Hopf
Berlin 2012
Verlagskontakt:
Fresnostr. 2
D-48159 Münster
Tel. +49 (0) 2 51-620 320
Fax +49 (0) 2 51-23 19 72
e-Mail: lit@lit-verlag.de
http://www.lit-verlag.de

**Auslieferung:**
Deutschland: LIT Verlag Fresnostr. 2, D-48159 Münster
Tel. +49 (0) 2 51-620 32 22, Fax +49 (0) 2 51-922 60 99, e-Mail: vertrieb@lit-verlag.de
Österreich: Medienlogistik Pichler-ÖBZ, e-Mail: mlo@medien-logistik.at
Schweiz: B + M Buch- und Medienvertrieb, e-Mail: order@buch-medien.ch

*„Kinder sind Gedanken, die wachsen"* (Hans Christian Andersen)

*„Für Kinder und alle, die Kinder lieben"* (Johanna Spyri)

Beim Kaffeetrinken
werden Geschichten erzählt
unterschiedliche Geschichten
die sich alle
um den Ring mit den vier Steinen
herumranken.
Ein Universum
des Erwachsenwerdens
entblättert sich
vor unseren Augen.
Deswegen lockt
und befremdet gleichzeitig
das

**Inhaltsverzeichnis**

Beim Kaffeetrinken . . . . . . . . . . . . . . . . . . . . . . . . . . . . . . . . . 9

1. Über das Leben am Anfang . . . . . . . . . . . . . . . . . . . . . . . . 17

2. Vergebliche Erziehung . . . . . . . . . . . . . . . . . . . . . . . . . . . 39

3. Der flüsternde Stein . . . . . . . . . . . . . . . . . . . . . . . . . . . . . 63

4. Wie lehrt Gott . . . . . . . . . . . . . . . . . . . . . . . . . . . . . . . . . . 89

## Beim Kaffeetrinken

Es ist eine skurrile Geschichte in meinem an Skurrilität nicht armen Leben. Und sie hat mit dem guten alten Brauch des samstäglichen Kaffeetrinkens zu tun, bei dem sich die Familien getroffen haben, bei Kaffee und Kuchen. Damals war der Kaffee noch etwas Besonderes und Kuchen gab es normaler Weise nur am Sonntag. Deshalb war das Kaffeetrinken am Samstag immer ein Festtag für die ganze Familie und es haben sich Freunde und auch oft Verwandte zu diesem Fest eingefunden. Bei Schönwetter saß man natürlich im Garten, bei unbeständigem Wetter oder gar bei Regen saß man im Wohnzimmer. So oder so, es wurde immer das schöne Geschirr aufgedeckt, ein Kuchen gebacken. Manches Mal brachte auch eine aus der Kaffeerunde einen Kuchen mit, dann fühlte sich die Hausfrau hörbar entlastet.

Es ist eigentlich mehr ein deutscher Brauch, deswegen wird das Wort „Kaffee" auch auf der ersten Silbe betont, ganz anders als in Österreich.

Und diese Geschichte beginnt schon viel früher.

Da sitzen sie alle an einem Tisch und reden miteinander, als wäre nichts geschehen und als wäre alles wie immer. Sie stehen auf, gehen hinaus und kommen wieder herein, trinken Kaffee, alles ganz normal! Nur manchmal hat man das Gefühl, dass irgendetwas in der Luft liegt, was man nicht mit Händen greifen kann. Die Personen sind da und doch durchscheinend, sie bewegen sich und doch fehlt ihnen das, was man Leben nennt.

Der Opa hat seinen Schreibtischstuhl, von dem er bequem aufstehen und sich wieder niedersetzen konnte, an den Tisch gerollt. Er konnte auf ein arbeitsreiches Leben zurückblicken, wobei er seit 1945 an den Folgen seiner Kriegsrelikte zu leiden hatte. Er musste zwar deswegen frühzeitig in Pension gehen, aber das hat ihn nicht daran gehindert, weit über 80 Jahre alt zu werden. Dafür hat er jeden, mit dem er zu tun hatte, ausgefragt und ausgefragt und dann seine Lebenserfahrungen zum Besten gegeben, aber die waren auch schon so blass und verschwommen, dass man sie nicht richtig angreifen konnte. Aber kämpferisch konnte er immer noch sein und streiten, ja streiten, das machte ihm Spaß, auch wenn er sich hinterher tagelang darüber grämte, was er sich von den Anderen hatte anhören müssen. Er konnte einfach das Belehren nicht lassen und wollte sich nicht belehren lassen, weil er sowieso alles besser wusste. Darüber hinaus waren die Streitereien am Kaffeetisch für ihn lebenserhaltend, genauso lebensverlängernd, wie es für gewisse Senioren heutzutage ist, die sich just dann in die Straßenbahn oder den Bus drängen müssen, wenn die Kinder Schule aus haben und schnell nach Hause wollen.

Viel Geld hat er nie verdient und seine Frau, die Oma, hat er bei den Ausgaben bis auf den Pfennig genau kontrolliert. Derartige Unterredungen hatten jedes Mal den Charakter antiker Tragödien, die oft damit endeten, dass Oma jene 50 Pfennige, die sie gewisser Maßen abgezweigt und für Geschenke für ihre Enkel vorgesehen hatte, wieder herausrücken musste. Das geschah dann unter Wehklagen unter anderen herzerweichenden Lamentos, aber er hat die 50 Pfennige im Triumph entgegen genommen und als Saldo im dikken Haushaltsbuch vermerkt, das auch nichts anderes war als der Kalender des vergangen Jahres, von der Sparkasse überreicht. Er hat so gut wie nie die Befriedigung der Oma wahrgenommen, die natürlich ganz andere Beträge beiseite gebracht hatte, denn ihre Enkel haben bei jedem Besuch gefragt: Was hat die Oma mitgebracht? und sie hatte immer was in ihrer Tasche – das kostete natürlich Geld, das sie beschaffen musste, weil sie über kein eigenes Einkommen verfügte. Die Enkel freilich haben diese Geschenke innerhalb einer halben Stunde in ihre Einzelteile zerlegt, so dass auch der Opa, ihr Mann, später nie feststellen konnte, ob die Enkel außer der Reihe etwas bekommen haben. Ihre Tochter, die Mutter der Enkel, war in geldlicher Hinsicht das Ebenbild ihres Vaters und hat auch oft, freilich vergeblich, den Versuch unternommen, diese Schenkerei zu unterbinden.

Die Oma war immer unscheinbar und das, was man herkömmlicher Weise eine Hausfrau nannte, wobei man gleich bemerken muss, dass die Sehnsucht nach so einer Mutter und Hausfrau offenbar ungebrochen die Jahrhunderte überdauert hat und natürlich als Sehnsucht unsterblich ist. Die Oma war das also, immer im Hintergrund, nie sichtbar, aber immer präsent. Sie hat sich aufgeopfert für Andere und hat sich Ungerechtigkeiten und Gemeinheiten immer sehr zu Herzen genommen. Sie starb mit 67 Jahren an einem Krebsleiden. Aber jetzt sitzt sie auch mit am Tisch.

Ein altes Ehepaar also, beinahe wie ein Scherenschnitt oder ein geätztes Glasfenster, durch welches das Licht gebrochen wird, präsent und doch irgendwie anders.

Nach dem Tod der Oma hatte der Opa auf einmal Geld, niemand kann sich das erklären. Die Rente wurde nicht mehr, sie blieb gleich, und vielleicht war die Quelle des Reichtums einfach die Tatsache, dass es in seinem Haushalt eine Esserin weniger gab. Er fuhr zweimal in der Woche in die Stadt und kaufte seine Zigaretten und seine Zigarren (40iger Fehlfarbe) und seinen Cognac nebst einigen anderen Lebensmitteln und weil nur er sein Geld ausgab, musste er sich selber ja auch nicht mehr kontrollieren, aber in das dicke Buch hat er seine Ausgaben schon hineingeschrieben, nach wie vor.

Er hat sich also mit der Zeit was geleistet, eine goldene Armbanduhr an einem goldenen Armband und dann hat er nach gegebener Zeit einen Stein in seinen Ehering einarbeiten lassen. Der Stein war nicht groß und protzig, auch war er nicht winzig, er war einfach ansehnlich und blitzte vor sich hin. Es war einfach der Stein als Erinnerung an eine lange Ehe. Diesen Ring wurde dann nach seinem Tod vererbt.

Aber er sitzt soeben mit der Oma am Tisch, wie das immer war.

Ihren einen Enkel haben sie nicht mehr kennengelernt, er hat auch am Tisch seinen Platz. Ihm war kein langes Leben beschieden, er war eher schweigsam, sensibel wie seine Großmutter und immer fleißig unterwegs. Er hat nicht viel hinterlassen, nur ein Plakat aus seiner Ausbildungszeit und das spricht Bände. Er hat dieses Plakat am letzten Tag vor der Diplomüberreichung überall im Schulgelände aufgehängt:

DIESE 2 JAHRE IN ... WAREN WAHRSCHEIN-
LICH FÜR ALLE UNSERER GRUPPE
DER LÄNGSTE, WENN AUCH NICHT DER
SCHÖNSTE URLAUB ÜBERHAUPT.
DAFÜR DANKEN WIR HÄUPTLING WEISSE SOCKE,
VON DEM WIR VERMUTEN,
DASS ER DER DIREKTOR DIESES FERIENDORFES IST
– ER HAT SICH BIS HEUTE NOCH
NICHT BEI UNS VORGESTELLT
– UND AUCH NICHT BEI SEINEN ANIMATEUREN.
DIE TOURISMUSKAUFLEUTE DER ...

Er sitzt also auch am Tisch und betrachtet die beiden alten Leute, die seine Großeltern sind und die er nicht kennt und schweigt – was soll er auch sagen? Vielleicht kommt noch eine seiner trockenen Bemerkungen, so einfach in die Atmosphäre gesprochen, ohne die Erwartung, dass irgendwer was drauf sagt.

Die Schwester schaut vorbei, setzt sich hin und erzählt wieder und wieder Geschichten, die alle ganz phantastisch sind, nur ihren Wahrheitsgehalt darf man eben nicht überprüfen, alle befinden sie sich in Rufweite der Wahrheit. Das immer und immer wieder Erzählen der ewig gleichen Geschichten führt dann am Ende dazu, dass eine ganz neue Geschichte entstanden ist, die nicht einmal die an den Geschichten Beteiligten so richtig wiedererkennen können. Ihre drei Kinder widersprechen meist, je nachdem, laut oder leise, und fordern „Tatsachen" ein, aber was sind in solchen Geschichten schon Wahrheiten? Die

Sache mit der Ohrfeige auf der Bahnhofstrasse wird im Nachhinein dem Geschlagenen in die Schuhe geschoben, der eben darum gebettelt habe und ihr habe das gut getan. So eine Ohrfeige wirkt befreiend, pflegt sie dann zu sagen. Hin und wieder kommen Nachbarn vorbei, aber selten und dann und wann, denn sie wohnen weiter weg, erscheinen auch einige Verwandte. Im Großen und Ganzen sitzen immer die gleichen Personen am Kaffeetisch, was natürlich für die Anwesenden in zunehmendem Maße langweilig wird – dann was passiert denn schon so in einer Woche? Und so werden die Ausreden immer wortreicher und länger, wobei im gleichen Maße umgekehrt die Besuche weniger und weniger werden. Aber die alten Leute sind ja gewohnt, dass sie so vor sich hin wursteln müssen und deshalb macht das ja auch nicht wirklich was, Hauptsache, jeden Samstag zur gleichen Zeit findet das Kaffeetrinken statt.

Nun, der oben erwähnte Ring lag in einer Schatulle so lange herum, bis es sich herausstellte, dass die Eheringe von zwei Nachfahren nach deren 25 Ehejahren einfach zu eng geworden sind. Es wurden also neue Ringe angefertigt, wobei die Frau, die auch schon Oma war, den Ring ihres Schwiegervaters als Grundlage nehmen ließ und sich zu dem einen Stein auf ihrem Ring drei weitere Diamanten wünschte. So entstand der Ring mit den vier Diamanten, den sie immer trug. Vier Diamanten erweckten natürlich den Neid der Kaffeegesellschaft, da waren sie auf einmal alle wieder da und konnten die Mäuler nicht mehr zukriegen. Vier, das war einmal die Gesamtzahl der kleinen Familie, lautete die leise und schlichte Begründung, die ins Treffen geführt wurde. Die junge Oma sitzt auch mit am Tisch, sie kann noch manches erklären, sie weiß auch einiges zu erzählen, aber alles verschwimmt schon in ihren Worten, sie sind gegenwärtige Vergangenheit. Sie hat so gerne gelebt und hatte noch so viele Pläne.

Inzwischen ist das Verhältnis zwischen Lebenden und den Verstorbenen nicht mehr genau zu bestimmen. Wir Lebende sitzen auch am Tisch, weitere Sessel drumherum, besetzt und leer zugleich.

Und dann ist ein dauerndes Kommen und Gehen, denn dieser Tisch ist ein gastfreundlicher Tisch, es kommt entgegen allen Erwartungen dann und wann immer wieder Wer und dann geht er oder sie wieder fort und es kommen andere. Immer wieder andere, oft unbekannte Menschen, von denen sich dann herausstellt, dass man sie ja ohnedies kennt, man hatte sie nur inzwischen vergessen. Das familiäre Kaffeetrinken ist unversehens zu einem globalen geworden und so darf man ohne Übertreibung feststellen, es schwänzen auch immer weniger dieses wöchentliche Treffen. Es sind die Mitschüler der Kinder, Freunde der Opas und Omas, manchmal sogar auch so weit entfernte Verwandte, dass man nicht einmal mehr weiß, wie wer mit wem überhaupt wie verwandt ist. Egal, sie geben sich die Ehre und sind da. Ob dann wohl auch schlichtweg Unbekannte mit am Tisch sitzen und Kaffee trinken und Kuchen essen, genau das lässt sich mit Sicherheit nicht feststellen. Manche sitzen auch auf ihren Sesseln und man sieht sie nicht, andere sieht man sehr wohl und alle reden und reden und reden. Kann sein, miteinander, kann sein, vor sich hin, kann sein, einfach nur so: Die Wörterwolke wächst und wächst und bewegt sich rund um den Erdball, um sich dann am Tisch nach geraumer Zeit wieder mit neuen Wörtern aufladen zu lassen. Manchmal ist es aber auch ein Wort, das ausgesprochen allgemeine Beachtung verdient, aber so ein Wort ist für die Wörterwolke zu schwer zum Tragen. So ein Wort bleibt dann am Tisch und wird manches Mal wiederholt und besprochen und ausgelegt, bis es in viele Wörter zerlegt ist – und dann kann es die Wörterwolke auf- und mitnehmen.

Was für eine Form dieser Tisch hat? Natürlich ist er rund, denn es gibt keinen Vorsitz, keinen besonders Wichtigen, dem man die Ehre geben muss, alle sind gleich zufrieden mit ihrem Platz am runden Tisch. Wie groß dieser Tisch ist? Das kann man leider nicht so genau definieren, denn er ist immer so groß, dass alle, die kommen, an ihm ihren Platz finden, er kann demnach wachsen und sich auch wieder kleiner machen. Jedenfalls ist es nie so, dass es einen leeren Sessel gibt und umgekehrt geschieht es auch nie, dass man jemanden ausladen muss, weil es zu wenige Sitzgelegenheiten gibt, geschweige denn, dass einer stehen muss.

☙

**Das ist das Geheimnis vom Ring mit den vier Diamanten**

Vier Himmelsrichtungen, vier Elemente, vier Jahreszeiten, vier Temperamente, Quadrat, 4Viertel Takt: der irdische, unvollkommene, der vier Farben Satz, das vier Augen Prinzip und, last but not least, wenn man bei den Religionen nachschaut: die vier edlen Wahrheiten.
Dieser Ring ist der Ring des Lebens.
Er ist ein Wunsch- und Zauberring.
Aber es muss noch grundsätzlicher besprochen werden, so, als ob Grundsätze noch mehr als Grundsätze sein könnten:

Ein Stein bricht das Licht, in vielen Facetten
Man sagt, er funkelt und blitzt
So ist es auch mit dem Lebendig-Sein

> Erinnerungsblitze unverbunden nebeneinander
> aber am Ende doch ein Ganzes
> irgendwie.
> Was sehen wir, nehmen wir wahr?
> Die Zwischenräume
> Zwischen dem Funkeln und Blitzen
> Und das ist dann unsere Erinnerung
> Die nichts anderes ist
> Als ein Menschenleben.

Man muss jedoch außerdem darauf hinweisen, dass der Ring mit den vier Diamanten völlig real ist, anzuschauen, man kann ihn in die Hand nehmen und anfassen und auch für eine kurze Zeit leihweise am Finger tragen. Es sind die immer gleichen Fragen, die geäußert werden, die Fragen nach dem Material, nach den Steinen, wo sie herkommen, wie sie gemacht wurden und woher sie ihr „Feuer", also das Blitzen haben.

Es wird nun also rein sachlich und doch verwunderlich und zum Staunen, es wird auf einmal deutlich, dass die Steine so alt sind wie die Erde und doch so jung, genau so wie die diejenigen, die am Kaffeetisch sitzen. Es wird immer wieder bewundert, wie sie durch die Kunst der Diamantenschleifer geworden sind. Alt und jung zugleich!

Wir Gäste beim Kaffeetrinken lassen uns durch das allgegenwärtige Internet belehren:

„Der Name *Diamant* leitet sich aus dem spätlateinischen *diamantem*, Akkusativ von *diamas* ab, einer gräzisierenden Abwandlung von *adamas*, Akk. *adamantem*, zu griechisch αδαμας, *adámas*, „unbezwingbar". Im klassischen Latein wurden als *adamas* besonders harte Materialien bezeichnet, so etwa von Plinius der Saphir.

Das Gewicht einzelner Diamanten wird traditionell in Karat angegeben, einer Einheit, die 0,200 Gramm entspricht.

Ein Diamant hat eine sehr hohe Lichtbrechung und einen starken Glanz, gepaart mit einer auffallenden Dispersion, weshalb er heute als Edelstein geschliffen wird. Erst durch die Erfindung moderner Schliffe im 20. Jahrhundert, durch die Brillanz und das *Feuer* (Dispersion) eines Diamanten erst richtig zur Geltung kommt, wurde er auch als Schmuckstück verwendet während er im Mittelalter keinen besonderen Wert hatte und meist nur die farbigen Steine als Edelsteine bezeichnet wurden.

Seine Brillanz beruht auf zahllosen inneren Lichtreflexionen, die durch den sorgfältigen Schliff der einzelnen Facetten hervorgerufen werden, welche in speziell gewählten Winkelverhältnissen zueinander stehen müssen. Das Ziel ist es einen hohen Prozentsatz des einfallenden Lichtes durch Reflexionen im inneren des Steines wieder in Richtung des Betrachters aus dem Stein austreten zu lassen. Mittlerweile werden Schliffe und deren Wirkung auf Rechnern simuliert und die Steine auf Automaten geschliffen, um über eine exakte Ausführung optimale Ergebnisse zu erreichen. Nur ein Viertel aller Diamanten ist qualitativ als Schmuckstein geeignet. Davon erfüllt nur ein kleiner Bruchteil die Kriterien, die heute an Edelsteine gestellt werden: Ausreichende Größe, geeignete Form, hohe Reinheit, Fehlerfreiheit, Schliffgüte, Brillianzwirkung, Farbenzerstreuung, Härte, Seltenheit und je nach Wunsch Farbigkeit oder Farblosigkeit.

Diamanten werden seit den 1980er Jahren unter anderem mit Lasern bearbeitet, um dunkle Einschlüsse zu entfernen und Steine zu kennzeichnen. Die Eigenfarbe des Diamanten lässt sich nicht so einfach wie bei anderen Schmucksteinen beeinflussen. Unansehnliche Steine gibt man zur Farbveränderung seit den 1960er Jahren in Kernreaktoren zur Bestrahlung. Das Resultat sind dauerhafte Farbveränderungen: Schmutzig-graue, weiße und gelbliche Steine erhalten ein leuchtendes Blau oder Grün. Daran kann sich noch eine Wärmebehandlung anschließen, wobei die durch Strahlung erzeugten Kristallveränderungen zum Teil wieder „ausheilen" und als weitere Farbveränderung sichtbar werden. Die Resultate sind nicht immer eindeutig vorhersehbar.

Die größten Diamantenvorkommen befinden sich in Russland, Afrika, insbesondere in Südafrika, Namibia, Angola, Botsuana, der Demokratischen Republik Kongo und Sierra Leone, in Australien und in Kanada. Es wurden aber auf allen Kontinenten Diamanten gefunden. In Europa gibt es bei Archangelsk ein Vorkommen.

Wirtschaftlich abbaubare Diamantvorkommen sind meist an Kimberlite auf mindestens 2,5 Milliarden Jahren alten und mehr als 300 km dicken Festlandskernen (Kratonen) von Kontinentalplatten gebunden. Die Entstehung der diamanthaltigen Kimberlite und damit auch die wesentlichen Diamantvorkommen ist nach einem neuen Modell an zwei Zonen an der Grenzen zwischen Erdkern und Erdmantel gebunden, an der sich mehr Magma befindet als üblich. An diesen Magmenzonen steigt Magma auf und kann die darüber liegende Kontinentalplatte durchschlagen. Durch die Bewegung dicker Festlandskerne über diese Zonen sind im Laufe der Erdgeschichte Kimberlite in verschiedenen Regionen entstanden. Zur Zeit befindet sich der afrikanische Kontinent und der Pazifik über diesen Magmenzonen.

Die Weltproduktion an Naturdiamant (etwa durch Rio Tinto Group) liegt heute bei etwa zwanzig Tonnen pro Jahr und deckt bei weitem nicht mehr den Bedarf der Industrie ab. Etwa 80 Prozent des Bedarfs können die Naturdiamanten nicht decken. Daher füllen in steigendem Maße synthetisch erzeugte Diamanten, deren Eigenschaften wie Zähigkeit, Kristallhabitus, Leitfähigkeit und Reinheit genau beeinflusst werden können, diese Nachfragelücke."

So viel und so wenig aus dem Internet, denn man muss ja etwas für sein Wissen unternehmen und nachschauen, auch wenn man es sich nicht merkt!

Unser Ring hat echte Diamanten, so fängt die Geschichte einmal an. Und die Steine sind hell und brechen das Licht, lassen blitzen und funkeln. Über das Gewicht der einzelnen Steine kann nichts gesagt werden, da müsste man, wenn man das wissen wollte, einen Fachmann fragen; aber wer will das schon wissen? Ebenso weiß man nichts Genaues über den Schliff, aber das wäre ja schon wieder eine Frage nach dem Wert. Es interessiert uns aber nicht, wie wertvoll die Steine sind, uns interessieren ganz andere Sachen.

※

Einer der Opas an diesem Tisch erhebt seine Stimme und sagt, dass er jetzt eine Geschichte erzählen wolle, eine die wirklich vorgekommen, aber gleichzeitig so phantastisch ist, dass man glauben könne, man befinde sich in einem Märchen. Aber so sei das nun wieder nicht, er wolle erzählen, weil ihnen allen wohl im Augenblick der Gesprächsstoff ausgegangen zu sein scheine und weil er im Übrigen der Meinung sei, ein bisschen Zuhören könne auch nicht schaden, weil die heutige Jugend das ja gar nicht mehr kenne.

Aber Opa, du bist ja wirklich der Letzte.

Der Opa grinst. Zum Glück hast du nicht gesagt: Du bist das Letzte! Ich weiß nämlich, das Beste kommt immer zum Schluss! Nur hier stimmt's nicht ganz so, denn ich mache den Anfang. Das Letzte kommt am Anfang oder im Anfang steckt auch immer das Letzte drin.

Opa macht wieder einen auf philosophisch.

Möglich, denn ich habe in meinem langen Leben gelernt, wenn Dir das Leben in den Hintern tritt, nutze den Schwung, um vorwärts zu kommen.

Meine Geschichte heißt: Über das Leben am Anfang! Das ist bewusst vieldeutig gemeint, denn irgendwie stehen wir immer am Anfang und wir müssen weitermachen. Also hört zu.

# 1. Über das Leben am Anfang

„Wenn Du ein Kind siehst, hast Du Gott auf frischer Tat ertappt." sagte Martin Luther. Er hat Recht. Wenn man auf das Kind sieht, dann passt ja alles. „Der sieht seiner Mutter ähnlich", oder „die ist ihrem Vater wie aus dem Gesicht geschnitten", sagt man landläufig. Nur wenn man den Spieß herumdreht und sich dafür interessiert, wie das Kind die Sachen, die Welt, die erwachsenen Menschen sieht, dann wird die Sache spannend. Ja, was sieht es denn? Immer nur einzelnes, nie die Zusammenhänge, immer nur einen Mosaikstein, nie das ganze Bild. Aber genauso wie in einem Kind die ganze Schöpfung drinsteckt, genauso erfährt ein Kind im Betrachten und Bedenken von einem kleinen Teil oder einem winzigen Ausschnitt alles, was es zu wissen gibt. Und noch schöner ist es dann, wenn dieser Mikrokosmos sich verändern, total umkrempeln oder einfach auch entwickeln kann.[1] Der Enkel, der von der Oma ein kleines Plastikauto mitgebracht bekommt, zerlegt es sofort in alle Einzelteile, weil er wissen will, wie viele Teile es sind und wie die wieder zusammenpassen. Manchmal funktioniert das mit dem Wieder – Zusammenbauen, manchmal nicht, aber das liegt ja im Versuch drin. Wer dann von außen betrachtet und behauptet, das Kind könne nicht spielen, der irrt, denn es kommen bei ihm nur andere Spielregeln zur Anwendung. Wer darüber hinaus dann noch ein Urteil über dieses Kind abgibt, etwa in der Art: „Dieses Kind ist destruktiv," der schlägt mit der moralischen Keule nur sich selber tot. Denn alle, die davon tönen, dass die Kinder, oder besser „unsere" Kinder die Zukunft sind, der sagt nur etwas über die eigene, verpatzte Kindheit und verleiht gleichzeitig seiner Absicht Ausdruck, dass so etwas in der Zukunft nicht mehr passieren dürfe. Ach ja!

Und so geschieht es dann, dass man das Heranwachsen der Kinder in Phasen und Regeln einteilt und dieselben mit erzieherischen Ratschlägen versieht, denn irgendwie muss man der Sache ja beikommen. Der Eine[2] beobachtet seine eigenen Kinder und gießt seine Beobachtungen in eine wissenschaftliche Sprache und veröffentlicht das als grundlegende Erkenntnis. Im hübschen Abstand von einem Jahr erscheint dann eine überarbeitete Neuauflage von diesem Buch, denn die Kinder sind ein Jahr älter und manches hat sich doch nicht so wie erwartet entwickelt. Armer Herr Professor! Das Buch nimmt an Fülle zu, gleichzeitig überwuchern die Ausnahmen schon lange die einst aufgestellten Regeln – am Ende ist alles möglich.

Eine Andere[3] geht's eher ideologisch an und spricht zum Beispiel beim Kleinkind von „psychischer Embryo" und misst diesem Zeitraum den Begriff „Schöpferische Periode" zu. Aber ab dem dritten Lebensjahr wird es dann spannend, denn da wird das Kind „vom unbewussten Schöpfer zum bewussten Arbeiter" und befindet sich in der „Periode der aufbauenden Vervollkommnung." Ab dem siebten Lebensjahr mutiert eben jenes Kind, das von der Schöpfung bis zur Vervollkommnung gelangt ist, und wird ein „soziales Neugeborenes." Hurra, fast haben wir es geschafft, denn es beginnt die „Periode der geistigen Durchdringung der Welt," welche am Ende einen reifen Erwachsenen sich hat

---

1 Intelligenz ist die Fähigkeit, seine Umgebung zu akzeptieren. William Faulkner
2 Vgl. Remplein
3 Vgl. Maria Montessori

entwickeln lassen. Die Periode der geistigen Durchdringung meint die Schule, die in diesen Jahren so richtig am Platze ist und die kindliche Neugier in die Bahnen eines gefestigten Wissens geleiten kann.

Aber halt, noch ist die Rechnung ohne den Wirt gemacht, denn in der Schule gibt es nicht nur Kinder, da gibt es Lehrerinnen und Lehrer auch. Denen könnte man ja auch so einen ähnlichen Tugendkatalog vor die Nase halten und dann warten, was die dazu meinen.

### „Tugenden, die ein christlicher Lehrer haben muss[4]

1. **Würde:** würdevolles Auftreten, jedoch nicht zu ernst und freudlos, feines Benehmen
2. **Schweigsamkeit:** Ausgeglichenheit, die den Geist zur Aufmerksamkeit befähigt
3. **Demut:** schlichte Umgangsformen, die das Kind nicht unter zu großer Autorität und Strenge erdrücken
4. **Klugheit:** die Kunst, bei allem, was man tut, auf die Schwächen der Schüler Rücksicht zu nehmen
5. **Weisheit:** der gesunde Menschenverstand, die Art Intelligenz, die der praktischen Wirklichkeit und nicht nur der Theorie Rechnung trägt
6. **Geduld:** Verständnis für die Unvollkommenheit der Mitmenschen
7. **Zurückhaltung:** Selbstbeherrschung
8. **Milde:** Herzensgüte, die Gegenliebe erzeugt
9. **Eifer:** unermüdliche Selbstaufopferung
10. **Wachsamkeit:** beständig auf der Hut sein vor allem, was für die Kinder eine leibliche oder sittliche Gefahr sein könnte
11. **Frömmigkeit:** bei Gott für sich selbst und andere Hilfe suchen
12. **Grossmut:** keine Mühe scheuen und an sich selber zuletzt denken."

Alles ist irgendwie richtig und gleichzeitig stimmt alles irgendwie nicht. Aber sicherlich hängt es an der Methode der Betrachtung. Es ist so, als würde man zwei Spiegel auf einer Ebene einander gegenüberstellen und dann von oben draufschauen, was man sieht. Mehr oder weniger sieht man bei so einer Versuchsanordnung nur sich selber wieder, in irgendeiner Weise verzerrt. Aber weil es in dieser Welt anscheinend immer darum geht, klare bis glasklare Bil-

---

4 vgl. Pouet/Pungier 1980, S. 64

der zu haben oder zu produzieren, so überfordert man sich und andere, man macht die Kinder zu Vorzeigeobjekten und die Lehrer im Beruf zu mustergültigen Menschen. In jedem dieser Bilder und Ansprüche ist möglicher Weise ein Körnchen Wahrheit zu finden, aber wie viele solcher Kinder finde ich unter tausend Kindern und wie viele unter tausend Lehrern entsprechen solchen Vorgaben? Man kann weder Einzelne zum Maßstab für alle machen, genauso wenig wie man Alle zum Maßstab für einen Einzelnen machen kann. Es legt sich nun der Verdacht nahe, dass wir unversehens in Schaukämpfe der Politik hineingeraten sind und da haben wir ja wirklich nichts verloren.

Versuchen wir beim Säubern und Polieren des ersten Steines weiterzukommen, indem wir nach der gleichen Methode wie oben im Grunde Unvergleichbares miteinander vergleichen. Die Methode hat sich ja schon bewährt, denn bisher haben wir ja herausbekommen, wie was nicht geht. Und außerdem muss man diese Gegensätze abarbeiten, denn mit ihnen werden die Kinder konfrontiert, es sind Mosaiksteine ihrer Wirklichkeit aber nie die ganze Wirklichkeit selber. Man darf eben einen Mosaikstein nicht absolut setzen. Da steht einmal eine Geschichte im Raum, die eher im Tierbereich spielt.

### Der Ganauser von der Halseralm

Zuerst muss man sich für das Wort Ganauser entschuldigen, denn das ist niederösterreichisch und meint den Gänserich (Ganter), eine Bezeichnung freilich, die für die Steiermark nicht so passt. Aber der Ganauser wie seine Frau stammen aus Trautenfels, ein weiteres Paar wurde an ein Reiterparadies geliefert und die dort haben schon kleine Gänse.

Nun, die Halseralm hat 400 Jahre Tradition und gehört zwei Bauern, deswegen gibt es dort zwei Küchen und zwei Gaststuben, wovon die eine ganzjährig, die andere nur im Winter bewirtschaftet wird. Das ist schon lange so und darüber gibt es keinen Streit. Man spürt nur, was auf dieser Welt unter vernünftigen Menschen möglich ist.

Das Gänsepaar auf der Halseralm hat keinen Nachwuchs, und damit sind wir endlich beim Thema angelangt, wobei der Ganauser die Hühner beherrscht und in ihr Gehege jagt, Gäste anzischt und herumschreit und auf fremde Hunde losgeht. Warum die zwei keinen Nachwuchs haben? Auf die diesbezügliche Frage eines Wanderers meint der Hüttenwirt ganz lakonisch: Na ja, sie sind halt jung verheiratet und beide berufstätig, da bleibt eben keine Zeit für Gänsekinder.

Wie gesagt, die Halseralm steht seit nun mehr als 400 Jahren!

Es ist ja ganz normal, junge Ehepaare haben keine Zeit – für Kinder, und wenn sie Kinder haben, dann haben sie für die keine Zeit. Das erleben Kinder von klein auf, wobei Ausnahmen die Regel bestätigen. Es redet keiner drüber, aber alle wissen es. Tröstlich mag sein, dass Kinder heranwachsen, so oder so. Tröstlich mag auch sein, dass Kinderlose Ehepaare auch so alt werden.
So ist die Welt und Kinder wissen das.
Nur, der Herr Ganauser und seine Ehefrau landen im Kochtopf.

Jedoch, alle ungeklärten Fragen bleiben und gebären weitere ungeklärte Fragen, gerade auch dann, wenn die Kinder älter werden und sich mit anderen Problemen herumschlagen müssen.

„Törleß zu seinem Freund: „Du, hast das vorhin ganz verstanden?" –
Reitling: „Ja, dass ist doch gar nicht so schwer. Man muss nur festhalten, dass die Quadratwurzel aus negativ Eins die Recheneinheit ist … Nun, die imaginären Faktoren müssen sich zu diesem Zwecke im Laufe der Rechnung gegenseitig aufheben."
Törleß: „Ja, ja alles was du sagst, weiß ich auch. Aber bleibt nicht trotzdem etwas ganz Sonderbares an der Sache haften? Wie soll ich das ausdrücken? Denk doch nur einmal so daran: In solch einer Rechnung sind am Anfang ganz solide Zahlen, die Meter oder Gewichte oder irgend etwas anderes Greifbares darstellen können und wenigstens wirkliche Zahlen sind. Am Ende der Rechnung stehen ebensolche. Aber diese beiden hängen miteinander durch etwas zusammen, das es gar nicht gibt. Ist das nicht wie eine Brücke, von der nur Anfangs- und Endpfeiler vorhanden sind und die man dennoch so sicher überschreitet, als ob sie ganz dastünde? Für mich hat so eine Rechnung etwas Schwindliges; als ob ein Stück des Weges weiß Gott wohin ginge. Das eigentlich Unheimliche ist mir aber die Kraft, die in solch einer Rechnung steckt und einen so festhält, dass man doch wieder richtig landet."[5]

In der Tat, selbst die Zahlen üben Macht aus und noch mehr: sie lassen keine Auswege, Umwege oder Ausreden zu, es gibt am Ende nur ein „Richtig" oder ein „Falsch" und damit ist dann Schluss der Debatte.
So ist das Heranwachsen und Kinder erfahren das am eigenen Leib, tagtäglich.
Früher einmal, da mag das anders gewesen sein, weil es da in jeder Familie mehrere Kinder gegeben hat und weil die Kinder schauen mussten, dass sie

---

5  Robert Musil: Der junge Törleß, 74

überlebten. Da hatten die Erwachsenen das Sagen, aber im Grunde waren auch sie nichts anderes als Karikaturen, nur das wussten sie nicht.

„Er war ein erbeingesessener Margarethner, denn schon sein Vater übte daselbst das Nadlergewerbe aus und hatte all' jene Vorzüge und Fehler an sich, welche in der Regel unseren biederen Kleingewerbetreibenden anhaften. Ehrlich, aber leichtlebig, am Althergebrachten hangend, ohne Blick für die rasch fortschreitende Zeit und ihre Neuerungen, vor allem aber an eine gewisse eigene Unfehlbarkeit glaubend, welcher das Übelwollen und die Schlechtigkeit der ganzen übrigen Welt entgegensteht, war er auf seiner angestammten Bierbank ein Hauptschimpfer wider das Fabrikswesen und die Maschinen, das Großkapital und die „Regierung", die Gewerbefreiheit und die Einfuhr fremder Waren, verstummte aber sofort gehorsamst wider die hohe Obrigkeit, wenn er auch nur eines k.k. Briefträgers ansichtig wurde, und nahm, wie seine boshaften Freunde behaupteten, vor jedem k.k. Adler auf den Tabaktrafiksschildern und erst recht vor der Hoffeuerspritze den Hut ab."[6]

Ja, ja, die gute alte Zeit, und der Herr „Polizeikommisär" war immerhin eine Respektsperson! Wir haben leider zu wenige Zeugnisse aus der Zeit, wie Kinder solche oder ähnliche Typen begutachtet haben, um sagen zu können, ob die Kinder hier Vorbilder oder Witzfiguren sahen. Die jeweiligen Zeitgenossen ließen sich anscheinend kein X für ein U vormachen und haben gewitzelt, aber über alles war da doch der Zuckerguss des wohlanständigen Verhaltens gegossen.

Oder ist das alles nur eine kulturelle, nationale oder gar krähwinklerische Ansicht, so wird man ja noch fragen dürfen? Kann so ein Verhalten, so eine grundsätzliche Haltung in anderen Ländern nicht vorkommen? Der Zeitgenosse ist auf jeden Fall ratlos und sucht sich in Nachbarländern schlau zu machen, auch auf die Gefahr hin, dass er auch hier wieder in alle möglichen Fettnäpfchen hineinstolpert.

Begeben wir uns also nach Treviso, zum Stockfisch in Treviso.

Nein, bei Stockfisc fehlt kein „h", den schreibt man italienisch so, zumindest stand das so in der Auslage des Geschäftes, wenn man den Touristen klar machen möchte, um was es sich handelt, denn mit „baccala" verbinden doch die wenigsten eine klare Vorstellung. Stockfisc dagegen kann von fast allen verstanden werden, ob sie nun aus dem Norden Europas oder sonst woher kommen, auch dann, wenn das „h" fehlt.

---

6 Aus: Dr. Leopold Florian Meißner: Aus den Papieren eines Polizeikommissärs, Wiener Sittenbilder, Reclam Nr. 2969, S. 29 f

Treviso lässt man meist rechts oder links liegen, wenn man an die obere Adria, nach Venedig oder an den Gardasee möchte. Das ist leider falsch, denn Treviso ist mit seinen Kanälen, seinen Gassen und Häusern durchaus mit Venedig zu vergleichen, nur ist es eben ein wenig kleiner und hat dafür auch weniger Tauben und Touristen.

Mitten in der Stadt gibt es auf einer kleinen Insel den Fischmarkt. Das ist in jeder Weise bemerkenswert, gewinnt man doch den Eindruck, als würden die Wassertiere dort hin schwimmen, um verkauft zu werden. Dabei werden sie wie überall in Kühlwagen an die Insel transportiert und von dort über eine Brücke auf die Insel geschafft.

Auf dem „Festland" an einer Ecke, der Insel gegenüber, gibt es ein Geschäft, das alle möglichen Fischspezialitäten anbietet und darüber hinaus alle jene Delikatessen, welche für die italienische Küche unerlässlich sind. In dem Laden betrachtet man dann alle die Köstlichkeiten und steigt ein paar wenige Stiegen hinauf in einen kleinen Raum, der gastlich hergerichtet ist und zum Verzehr jener Köstlichkeiten einlädt, die in der Theke säuberlich aneinander gereiht stehen.

Man sagt, was man so alles möchte und das bringt dann ein kleiner italienischer Herr mit feierlicher Miene, so als sei es eine besondere Ehre, nicht nur von ihm bedient zu werden, sondern auch diese unvergleichlichen Köstlichkeiten zu verspeisen. In dem weitläufigen Geschäft ist in der Zwischenzeit für die Laufkundschaft eine schlanke italienische Mama tätig, die nur dann auch Speisen herbei trägt, wenn der junge Mann – der möglicher Weise ihr Sohn ist – nicht alles auf einmal in die Hand nehmen kann. Manchmal verschwindet einer der beiden in einem Raum hinter der Getränketheke, der offenbar die Küche ist, denn jedes Mal trägt dann wie gesagt einer der beiden eine dampfende Schüssel in der Hand – in der Küche muss wohl eine Mikrowelle stehen.

Das alles ist nett und macht Spaß, weil, man kostet sich durch die kleinen Portionen durch, und trinkt – ganz und gar nicht bodenständig – Wasser dazu. Das geht alles gut, bis ein Teller mit einem etwas hellen, in Stücke geschnittenen Etwas, das wohl ein Fischgericht darstellen soll, wortlos auf den Tisch gestellt wird. Die Nase des Gastes, der sich natürlich nichts anmerken lässt, ist alarmiert und beleidigt zugleich, denn in der Ecke des Raumes führt eine Tür zu der Toilette und man könnte mutmaßen, dass die gerade von jemandem aufgesucht worden war, der um sein Bauchweh erleichtert wurde. Aber die Tür ist fest verschlossen. Der kleine italienische Herr erteilt Nachhilfeunterricht und bringt noch so einen Teller, dessen Auflage dem eben geschilderten in etwa entspricht und meint: Baccala! Aha, also Stockfisch, und der stinkt offenbar so gemein! Richtig, und er schmeckt auch, wie er stinkt. Spätestens an dieser Stelle müsste der Gast zur Weinflasche greifen und später sich auf einen Grappa freuen, denn das Wasser verhält sich zu dieser Stinkerei absolut neutral. Die Gäste würgen eher und nehmen anstandshalber ein paar Bissen zu sich, um die Teller mit ihrer stinkenden Fracht so schnell wie möglich loszuwerden. Aber das gelingt nicht, denn der Raum ist zu klein, als dass man die inzwischen drei Teller mit dieser Spezialität auf einen Nachbartisch stellen könnte und der italienische Folterknecht denkt nicht im Traum daran, diese Köstlichkeit wegzuräumen.

Irgendwann bemerkt es aber dieses kleine Herrlein doch und baut sich vor den Gästen in seiner ganzen 155cm Größe auf, holt Luft, um eine breite Brust vorzutäuschen, und radebrecht Deutsch wie Italienisch mit lauter und anklagender Stimme – im ersten Fall kann er es nicht, im zweiten Fall ist er so empört, dass er auch seine Muttersprache misshandelt – dass er nur ganz frische Ware hätte, wie sie in Treviso sonst keiner bieten könne und normaler Weise würden sich die Leute darum anstellen. Es nutzt alles nichts, er muss die Teller abräumen, was der Raumluft entschieden gut tut.

Die Rechnung war fürstlich.

Tourist, kommst du nach Treviso, sage, du hättest uns dort Stockfisch essen sehen!

Es sind in Wahrheit ja immer kleine Geschichten und die optische Täuschung der Steine besteht darin, dass sie dem Auge wie ein Lichtblitz erscheinen. Dabei sind die Brechungen des Lichtes durch die Facetten des Steines auch nicht anderes als das Abbild jener Wirklichkeit, die wir in tausendfacher Weise täglich wahrnehmen und als ein Ganzes wahrnehmen, ja wahrnehmen müssen, denn würden wir alles Eindrücke immer wieder auseinandernehmen wollen, dann hätte man am Ende ja gar keine Vorstellung von dem Ganzen mehr. Wir können in unserem Zusammenhang auch nur einzelne Ereignisse herausnehmen, die wir für erwähnenswert halten, aber, und das ist klar, es handelt sich dabei um eine Auswahl. Das tun im Grunde alle, sie wählen aus und lassen Anderes unter den Tisch fallen und weil das so ist, ergeben sich aus dieser Tatsache die lustigsten Verwicklungen, wenn es gut geht; wenn es weniger gut geht, dann entstehen Missverständnisse bis hin zu Feindschaften.

## Blickrichtungen und Brechungen

Ein Stein ist zuerst einmal ein Stein und sonst nichts. Dann gerät er in die Hände eines Meisters und muss sich gefallen lassen, dass er geschliffen wird. Und dann kann man zusehen, wie er mehr und mehr zu leuchten beginnt, wenn das Licht auf ihn fällt, oder besser gesagt, wenn sich das Licht in ihm bricht. Die vielen Brechungen machen dann das aus, was man das „Feuer" eines Steines nennt und was ihn mehr oder im anderen Fall weniger wertvoll macht.

Es treffen also zwei Dinge zueinander. Einerseits die Kunstfertigkeit des Steinschleifers und andererseits der Standpunkt des Betrachters, denn je nach Veränderung von dessen Blick- und Standpunkt verändert sich das „Feuer".

Es gibt also kein eindeutiges Bild, es gibt Blickrichtungen und dementsprechende Brechungen, aber auf jeden Fall ist der Betrachter oder die Betrachterin mit im Spiel.

Wo also stehe ich?

Am Stephansplatz in Wien, da ist noch nicht allzu viel los, und gehe um den Stephansdom herum, gegenüber der Rückseite findet man das Mozarthaus, in das man einen Blick werfen sollte. Anschließend gehe in der Gegenrichtung wieder um den Dom herum und schaue vielleicht kurz hinein, aber wirklich hineingehen würde ich erst am Abend, da ist dann eine besondere Stimmung zu spüren.

Ich flaniere dann gemächlich vom Stephansplatz den Graben hinauf, an der Pestsäule vorbei und schaue immer wieder an den Häusern hinauf. Sollte man inzwischen schon ein wenig Hunger haben, biegt man vor der Pestsäule nach links in die Dorotheergasse zum Hawelka auf einen kleinen Braunen.

Vom Graben aus biegt man nach links ab und geht über den Kohlmarkt in Richtung Hofburg und schaut beim Vorbeigehen in die Auslage vom Hofzuckerbäcker Demel hinein. In der Hofburg hat man nun die Wahl: Ich besuche immer wieder sehr gerne die Silber- und Tafelkammer und betrachte in Ruhe die Exponate der Esskultur. Andere wollen die Sissi Räume besichtigen; natürlich kann man auch beides hintereinander besuchen.

Da kann man dann nach dem Besuch der Hofburg den Kohlmarkt zurückgehen und am Ende des Kohlmarktes/Graben nach links in die Naglergasse einbiegen. Von dort gelangt man an den Platz „Am Hof", dort steht die Hauptfeuerwache der Wiener Berufsfeuerwehr, deren Museum man besichtigen kann. Man geht den Hof auf der rechten Seite entlang und gelangt auf den Judenplatz, wo man sich zum Schauen einfach Zeit lassen muss. Am

Ende des Judenplatzes wieder rechts in die Currentgasse zum Uhrenmuseum, das ich sehr empfehle. Den Weg vom Uhrenmuseum ein wenig zurückgehen und wenn man genau schaut, findet man in der Steindlgasse 4 die „Gösser Bierklinik", ein Wirtshaus der alten Wiener Tradition.

Ich wende mich zur Oper und gehe durch die Operngasse ein paar Schritte stadtauswärts zum Naschmarkt. Dort kann man je nach Geschmack vieles zum Essen finden und nebenbei die Häuser rechts und links vom Naschmarkt betrachten.

Nun ist Entspannung angesagt, entweder legt man irgendwo die Füße hinauf und macht die Augen zu oder man fährt gleich mit der Straßenbahnlinie 38 nach Grinzing und besucht in der Sandgasse einen Heurigen, um beim Wiener Wein die vielen Eindrücke noch einmal auf sich wirken zu lassen.

Ich rede von mir und von Anderen, je nachdem, wie man das lesen möchte. Auch eine Stadt ist ein Juwel und erlaubt viele Blickrichtungen und bietet den Gedanken und Bedürfnissen vielfache Brechungen, so dass man bei einem nächsten Mal zwar alles noch einmal, gewisser Maßen wiedersieht – und doch ist es anders.

Und natürlich kann man seine Gedanken nicht einfach abschalten, da fallen einem plötzlich so manche Bemerkungen und Sprüche ein, wie zum Beispiel der: Vor denen, die zu viel beten und vor Pferdehufen sollst du dich in Acht nehmen. In der Wiener Innenstadt stehen einige Kirchen und dauernd sind die Fiaker um dich herum. Fällt einem deswegen so ein Satz ein? Oder ist es schlicht und einfach eine Brechung der Wahrnehmung, wie bei einem gut geschliffenen Stein? Oder ist es etwa der andere Allerweltssatz: „Philosophie hat die Aufgabe, Gewissheit durch Zweifel zu ersetzen." Welcher Zyniker das erfunden hat, weiß man nicht so genau, es ist letzten Endes auch gleichgültig, denn würde man das ernstnehmen, dann würde das gerade den Facetten eines Steines widersprechen, die nun einmal gesetzt worden sind, damit ein vielfältig eindeutiges Bild und Gefunkel entstehen kann. Aber wie auch immer, auch das gehört zu den Eindeutigkeiten des täglichen Lebens, nämlich, dass nichts eindeutig ist und dass die Vieldeutigkeit den echten Gewinn darstellt. Und man kann es auch anders ausdrücken: Wenn Kuchen tanzen, dann haben die Krümel Pause.

Lassen wir also den ersten Stein funkeln und die Kuchen tanzen.

## Sommersemester 1965

Ich hatte damals einen ganz phantastischen Hebräisch Lehrer, den Herrn Professor Rapp. Nicht nur, dass er mir die Sprache in kürzester Zeit nahebrachte, hatte er darüber hinaus noch einen recht sarkastischen Humor, der wohl auch nötig war, wenn ich so an die ersten Übersetzungsversuche denke. Sarkastisch, aber nie verletzend.

Darüber hinaus war ein Sprachengenie. Er hatte eine altpersische Handschrift entdeckt und übersetzt, da hat es seiner Zeit vielleicht 12 oder 14 Gelehrte gegeben, die das überhaupt verstehen konnten. Er hat nun den Text dieser Handschrift in den Dialekt der Mainz-Gonsenheimer Gegend übersetzt, ein Dialekt, der gesprochen wurde, aber nirgends geschrieben stand. Auf meine, doch etwas konsternierte Frage, wer denn das lese, sah er mich milde lächelnd an und sagte nur: „Lieber junger Freund, wenn Sie je einmal Bücher schreiben in der Hoffnung, jemand liest das, dann lassen Sie das besser gleich bleiben."

Er hatte Recht und sein Satz hat mich seither begleitet.

Astrid Lindgren hat einmal gesagt: „Ich schreibe für das Kind in mir."[7] Bei ihrer erfüllten Jugend mit all den wunderschönen Erlebnissen versteht sich das von selber. Es war eben nicht so wie anderswo, wo eine alte Tante ihre Nichte immer wieder maßregelte und ärgerte, so lange, bis sich das Kind eines Tages bitter rächte: Die Tante steckte dem Kind die Zunge heraus, durch den Gartenzaun hindurch, und das Kind hat zugebissen. Und die andere Tante wiederum, die eine Schwester der ersten und um keinen Deut besser war, war auch nicht so ohne, deswegen hat das Kind auf dem Markt bei einem Stand Erbsen und Bohnen miteinander vermischt, was zu einem Wutanfall der Standlerin gegen die Tante führte, die verdächtigt wurde, diesen Unfug angestellt zu haben.

Das Kind hat sich diese Begebenheiten gemerkt.

Aber bleiben wir bei Astrid Lindgren, die überzeugt war, dass die ganze Welt voll von Sachen sei, die es wirklich nötig hätten, dass sie jemand findet. Dieser Erkenntnis ist wirklich zuzustimmen, es gibt nur eine kleine Voraussetzung: Jemand muss finden wollen, oder mit anderen Worten, jemand muss sich auf die Suche machen. Es gibt wirklich kein Verbot für alte Weiber, auf

---

7 Diese und alle weiteren Zitate aus: Astrid Lindgren: Steine auf dem Küchenbord, Gedanken, Erinnerungen, Einfälle, gesammelt von Elisabeth Hohmeister, Angelika Kutsch und Margareta Strömstedt, Verlag Friedrich Oetinger, Hamburg 2000

Bäume zu klettern, auch da hat Astrid Lindgren Recht, aber es gibt ein Verbot für alte Weiber, Kinder schäbig zu behandeln, das sage ich!

Ich selber schreibe nicht für das Kind in mir, sondern ich schreibe für Kinder und Eltern, weil ich beides einmal war und immer noch bin. Ich versuche Brücken zu bauen, weil Eltern und Großeltern von Kindern sehr viele lernen können und umgekehrt, dass Kinder durch die Liebe von beiden Generationen viel für sich selber haben. Ich lasse also die Kinder zu Wort kommen und versuche zu verstehen, was sie zu sagen haben, weil ich zutiefst davon überzeugt bin, dass man in Kinder nichts hineinprügeln, aber alles herausstreicheln kann. Und ich weiß auch, dass nicht wenige Kinderfragen keine Antworten finden und dass es aus diesem Grund zum Beispiel die Philosophen gibt, die entgegen ihrem eigenen Selbstverständnis solcherart Kinder sind, die nicht aufhören, nach zu denken – das habe ich bewusst so geschrieben, denn das ist eben mehr als nachzudenken. Ich selber halte viel von Erziehung, aber nichts von der Vergrößerung moralischer Keulen, mit denen man oft Erziehung verwechselt. Es ist halt einfach so, dass man dann mit den moralischen Keulen daherkommt, wenn man selbst keine Erziehung genossen hat und in allem frei war, nicht nur beim Spiel, wenn man nicht weiter weiß, wenn man keine Zeit hat und was ich denn noch alles, dann springt einem die moralische Keule gewisser Maßen direkt von selber in die Hand. Und was meinte Astrid Lindgren schon 1979, also im vorigen Jahrhundert: „Ich glaube sowieso, wenn die jungen Menschen auf alles hören würden, was die älteren ihnen sagen, würde jede Entwicklung aufhören und die Welt stillstehen."

Dem ist nichts hinzuzufügen.

So nähern wir uns dem Fremden immer durch das Eigene, Astrid Lindgren durch das Kind in sich dem Erwachsenwerden und ich mich jener in Resten immer noch bürgerlich zu nennenden Kindheit unter den Bedingungen der Gegenwart, nämlich der individuellen Kindheit in, mit und unter der offiziellen Kindheit. Irgendwo steht die bange Frage dahinter, wie gehen wir mit den voll geräumten Kinderzimmern und den leeren Beziehungskisten um?

Wie war doch die Frage eines Siebenjährigen? „Was ist wichtiger: Mit Erwachsenen reden oder mit Kindern spielen?"

Aber was macht und redet man denn sonst so da und dort? Da findet sich bei einem Heurigen an der Südbahnstrecke auf der Speisekarte folgende Reimung:

„Trunken müssen wir alles sein
Jugend ist Trunkenheit ohne Wein

Trinkt sich das Alter wieder zur Jugend
So ist es wundervolle Tugend
Für Sorgen sorgt das lieb Leben
Und Sorgenbrecher sind die Reben."

Dazu muss einem nichts mehr weiter einfallen, das langt so schon, besonders die Zeilen über die Jugend produzieren eine Gänsehaut.
Aber es gibt auch Anderes, das nicht ganz so wie ein Tattoo auf die Haut gereimt ist. Da findet man am Frühlingsbeginn die Einladung zu musikalischen Darbietungen in einer Marktgemeinde:

| 1. Teil | | 2. Teil | |
|---|---|---|---|
| **Blasmusik** | | **Männerchor** | |
| Einzug der Königin von Saba Aus dem Oratorium „Salomon" (HWV 67) | Georg Friedrich Händel | Dschinghis Khan | Ralph Maria Siegel |
| | | The Lion Sleeps Tonight | G.D. Weiss, H. Peretti, L. Creatore |
| Kaiserwalzer | Johann Strauss (op. 437) | Da sprach der alte Häuptling | Werner Schartenberger |
| S'gibt nur a Kaiserstadt, s'gibt nur a Wien | Johann Strauss (op. 291) | **Blasmusik** | |
| **Männerchor** | | Pomp and Circumstance | Edward Elgar |
| Prinz Eugen | österr. Soldatenlied, 1717 | The Lion King Soundtrack Highlights | Elton John |
| Erzherzog Johann Lied | Volkslied | | |
| **Blasmusik & Männerchor** | | Ich gehör nur mir Lied der Elisabeth aus dem gleichnamigen Musical Solistin: Astrid Marchhart | Sylvester Levay |
| Va, pensiero Gefangenenchor aus der Oper „Nabucco" | Giuseppe Verdi | | |
| **Blasmusik** | | The Washboard King Solo für Waschbrett Solist: Johannes Schultheis | Tailor Norman |
| Kaiser Franz Josef I. Rettungs Jubel-Marsch | Johann Strauss (op. 126) | | |
| *P A U S E* | | *E N D E* | |
| Besuchen Sie unser Buffet und lassen Sie sich verwöhnen!!! | | Natürlich steht Ihnen unser Buffet auch Nach der Veranstaltung zur Verfügung!!! Programmänderungen vorbehalten | |

Klassisches und Modernes, für jedes Alter etwas, von engagierten jungen wie älteren Menschen ausgewählt, eingeübt und vorgetragen. Hervorragend! Begeisternd!
Und da soll noch einer sagen, es gebe keinen Konstruktivismus. Dabei kann das jedes Kind, das Konstruieren – schon immer, ob es nun die Matador oder Märklin Baukästen waren oder ob es heutzutage die Lego Steine sind!

Es ist der erste strahlend schöne Frühlingstag, Flugzeugen ziehen ihre Kondensstreifen am Himmel entlang. Die geraden Linien lösen sich auf, es entstehen Muster am Himmel. Die einen schauen aus wir die Stickereien auf den Dirndln, die man Froschgoscherl nennt, dann wieder verändert sich alles und es werden Teppichfransen daraus, so lange, bis nur noch eine breite helle Bahn am Himmel übrig ist. So kann man regelrecht fünf Straßen erkennen, die über den Himmel ziehen. Und es bleiben seltsamer Weise immer fünf Straßen, denn als das sechste Flugzeug kommt und seine Straße in den Himmel ritzt, ist die ehemals erste Straße schon am Horizont verschwunden. Irgendwann wird schon einmal jemand kommen, der dann erklärt, warum das so ist, aber bis dahin gilt diese selbst konstruierte Welterklärung.

Gleichzeitig steigen dicke weiße Wolkengebirge hinter dem Berg auf, mal ist es eine alte Frau, die man erkennen kann, dann wieder ist es ein glatzköpfiger Riese und dann wieder ein Zwerg mit einer Zipfelmütze und ganz dicken Blasebacken. Man kann das deutlich sehen, obwohl dann manche Erwachsene sagen mögen, was dieses Kind wohl für eine Phantasie hat, statt dass sie sich selber die Muße nehmen und ihre eigenen Wolkengestalten wahrnehmen!

Und wäre da nicht die Geschichte von dem „Dampftopf", man könnte meinen, man hätte es mit einer perfekten Erwachsenenwelt zu tun und als sei die Kinderwelt, weil eben „Kinder – auch – in – dieser – Welt", nicht ganz für voll zu nehmen. Dabei sind es doch eher die Erwachsenen, die konfus herumreden.

Also gleich zu Anfang: Ein Dampftopf ist ein Dampftopf. Punkt.

Andere nennen das wohl Schnellkochtopf, Druckkochtopf oder schlicht und einfach Kelomat, unabhängig davon, welche Firma das Küchengerät produziert hat und ob die Firma heute noch so heißt oder ob sie etwa globalisiert aufgekauft und deshalb nur den Namen verändert hat. Aber das ist im Grunde egal. Jeder dieser Dampftöpfe hat ein Sicherheitsventil, in unterschiedlicher Machart, in der Regel aber in Rot gehalten. Das Prinzip ist so einfach wie wirkungsvoll: Wenn der Druck im Topf zu groß wird, öffnet sich das Ventil, das heißt, es schiebt sich nach oben, und Dampf kann entweichen. Man tut auch gut daran, den Topf erst dann zu öffnen, wenn das Ventil mit einem hörbaren „Klick" in die Führung wieder zurückfällt. Das Ventil unseres besagten Dampftopfes hat eine postmodernistische Form, etwa fünf Zentimeter lang und so dünn wie ein dünner Bleistift und natürlich rot. Dieses Ventil versteckt sich leicht und ist dann irgendwo „verschloffen", wie man mundartlich wohl sagt. So auch in diesem Fall.

Was aber macht man, wenn die Hausfrau zu ihrem Herzallerliebsten völlig ernst und aus heiterem Himmel sagt, sie habe das rote Zumpferl im Plastiksackerl wieder gefunden!? Das vor allem dann, wenn man weiß, dass „Zumpferl" die Diminuitivform jenes Körperteils meint, das im Sinne der Genderdiskussion mit „männlich" identifiziert wird. Wenn jemand bis jetzt noch nicht weiß, was gemeint ist, dann kann man es auch philosophisch beschreiben: Als Kant an sich hinuntersah, entdeckte er das „Ding an sich." Darüber später noch Genaueres. Egal wie auch hier, aber die Reaktion auf die hausfraulich weibliche Aussage des Zumpferls steht noch aus. Man kann das alles aber auch auf die lange Bank schieben und erst einmal abwarten, denn wenn man lange genug schiebt, dann steht am Ende die Bank alleine da. Was aber, so fragt sich der kritische Leser, hat denn diese politische Weisheit um Gottes Willen mit dem Zumpferl zu tun?

Nun soll man aber nicht den Vorwurf äußern, Männer könnten nicht Gedankenhüpfen. Natürlich können sie das, nur hüpfen sie anders. Die schon erwähnte Hausfrau schildert also die Erzählungen einer Bekannten, die schon mehrere Selbstmordversuche hinter sich hat und die immer wieder berichtet, sie habe dabei das Gefühl ein ganz tiefen Falls gehabt. Also nichts von Licht oder Wärme oder gar aufwärts, nein, ein tiefer Fall. Und daran knüpft die Hausfrau nahtlos die Bemerkung: sie habe einen Schweinsbraten gekauft, der schon eingeschnitten sei, damit sich beim Braten eine schöne Kruste ergibt.

Was hat das mit dem Zumpferl zu tun? Fast nichts.

Dennoch: ein Dampftopf bleibt ein Dampftopf, auch wenn er in Wahrheit ein Druckkochtopf ist.

Was gibt es Schöneres als die Sehnsucht, konfusionslos durch die Weltgeschichte zu kommen?

Dabei geht es in Wahrheit ja doch um viel, sehr viel sogar. Alice im Wunderland hat das schon erkannt, aber auch sie konnte nichts daran ändern.

Von einem Gedeck zum nächsten zu rücken. Während die benutzten Tassen und Kannen weder von Zauberhand noch von irgendeiner anderen Hand gereinigt werden. Woraus sich für Alice die Frage ergibt, was denn geschieht, wenn die Teegesellschaft zum ersten Gedeck zurückkehrt. Gute Frage! Doch der Märzhase unterbricht sie gähnend: „Lass uns von etwas anderem reden." Womit das Thema dann bedauerlicherweise guillotiniert ist.

Denn das Geschirr wird ja von Mal zu Mal schmutziger. Immer bleibt es, um mit dem Hutmacher zu sprechen, sechs Uhr. Der Grad der Verbitterung ist demnach die einzige Größe, die sich verändert, wenn auch ohne

Auswirkung auf die Handlungen. Der einzelne wird nicht etwa böser, nur verbitterter.

Da haben wir die eine Seite der Medaille. Aber das Witzige bei der Sache ist ja, dass wir es mit einer Medaille zu tun haben, die viele Seiten hat, wie auch immer das zugeht. Es ist eben nicht nur die beliebte Zweiseitigkeit einer Sache, die Angelegenheit ist wie ein Hologramm mit vielen Ebenen.

Wenn ich mir vorstelle, was in den Lausbubengeschichten von Ludwig Thoma unter diesem Titel berichtet wird und mir das unter heutigen schulischen Vorstellungen betrachte, dann haben wir es mit schwer verhaltensgestörten Jugendlichen zu tun, deren sonderpädagogische Ausbildung vorgezeichnet ist, besten Falls werden KFZ Spengler draus. Man stelle sich vor, einen Heiligen mit einem Steinwurf zerstören, mit Pulver einen Papagei behandeln – einfach kriminell.

Nicht weit davon sind Max und Moritz angesiedelt, aber die kriegen ihre gerechte Strafe: sie werden zu Hühnerfutter. Man fragt sich, wer es hier an sozialer Kompetenz mangeln lässt: die Erwachsenen und auch Opfer, unter denen sich – natürlich – auch der Lehrer befindet, oder die beiden Knaben? Was machen denn die Eltern von den beiden?

Kurt Scholz hat am 18.8.09 in der Presse über Flaubert „quergeschrieben" und nach den Normalitätskonzepten von Kindheit gefragt. Flaubert war ein Spätentwickler in jeder Hinsicht, dem man Zeit gegönnt hat, obwohl er mit 8 Jahren noch nicht lesen konnte. So konnte sich jenes Genie entwickeln, über dass dann Jean Paul Sartre in der Biografie über Flaubert als „Der Idiot der Familie" gehandelt hat. Man könnte, über den Artikel von Scholz hinausgehend, einmal fragen, wie man diese Biografie von Seiten der Hochbegabtenforschung beurteilen würde?

Man könnte als These aufstellen: An dieser Grenze zwischen Pathologie und Genie bewegen wir uns heute, wenn wir über Kinder handeln.

Und über Kinder ereifern wir uns doch alle, auf die eine oder andere Weise, so wie es Otto Gangler: „Du bist geboren vor 1978", van Melle AG Schwyz, 21.3. 2011 getan hat. Das steht natürlich im Internet, aber weil man so viel im Internet liest, in Wahrheit aber kaum etwas zur Kenntnis nimmt, weil zu viel Wissen am Ende Nicht-Wissen macht, deswegen diese Gedanken hier ungekürzt, also in epischer Breite.

„Wenn du als Kind in den 50er, 60er oder 70er Jahren lebtest, ist es zurückblickend kaum zu glauben, dass wir so lange überleben konnten!

Wir saßen im Auto ohne Kindersitz, ohne Sicherheitsgurt und ohne Airbag!

Unsere Bettchen waren mit Farben voller Blei und Cadmium angestrichen! Auch die bunten Holzbauklötze, die wir uns begeistert in den Mund steckten ...

Die Fläschchen aus der Apotheke konnten wir ohne Schwierigkeiten öffnen, genauso wie die Flasche mit Bleichmittel

Türen und Schränke waren eine ständige Bedrohung für unsere Fingerchen!

Wenn wir zu faul zum Laufen waren, setzten wir uns hinten auf das Fahrrad unseres Freundes – natürlich ohne Helm! Der strampelte sich ab und wir versuchten, uns an den Stahlfedern des Velosattels festzuhalten!

Unsere Schuhe waren immer schon eingelaufen durch Bruder, Schwester, Neffe, Freunde der Eltern oder so. Auch das Fahrrad (nicht Mountain-Bike!!) war meistens entweder zu gross oder zu klein!

Überhaupt hatte ein Fahrrad keine Gangschaltung. Und wenn doch, dann nur eine mit 3 Stufen!

Und wenn du einen Platten hattest, lerntest du vom Vater, wie man das selber flicken konnte! (Am Samstagnachmittag – mit Wassereimer, Schlauchwerkzeug, Schmirgelpapier und Gummilösung ...)

Wasser tranken wir aus Wasserhähnen und nicht aus Flaschen!

Einen Kaugummi legte man am Abend auf den Nachttisch und am nächsten Morgen steckte man ihn einfach wieder in den Mund!

Wir aßen ungesundes Zeug (Schmalzbrote, Schweinsbraten, ...), keiner scherte sich um Kalorien und wir wurden trotzdem nicht dick!

Wir tranken Alkohol und wurden nicht alkoholsüchtig

Wir tranken aus der gleichen Flasche wie unsere Freunde und keiner machte deswegen ein Theater oder wurde gleich krank!

Wir verließen frühmorgens das Haus und kamen erst wieder heim, wenn die Strassenbeleuchtung bereits eingeschaltet war. In der Zwischenzeit wusste meistens niemand, wo wir waren ... und keiner von uns hatte ein Handy dabei!!!

Wir haben uns geschnitten, die Knochen gebrochen, Zähne raus geschlagen und niemand wurde deswegen verklagt. Niemand hatte Schuld – außer wir selbst. Das waren ganz normale, tägliche Unfälle und manchmal bekamst du hinterher sogar (als erzieherische Zugabe) noch eins auf den Po!

Wir kämpften und schlugen einander manchmal grün und blau. Damit mussten wir leben, denn es interessierte die Erwachsenen nicht besonders

Das Fernsehprogramm begann erst um 18 Uhr! Die Eltern bestimmten, was und wie lange „TV-geglotzt" wurde.

Wir bauten Seifenkisten und entdeckten während der ersten Fahrt den Hang hinunter, dass wir die Bremsen vergessen hatten. Damit kamen wir nach einigen Unfällen klar!

Wir dachten uns Spiele aus mit Holzstöcken und Tennisbällen. Außerdem aßen wir Würmer. Und die Prophezeiungen trafen nicht ein: Die Würmer lebten nicht in unseren Mägen für immer weiter und mit den Stöcken stachen wir uns auch nicht besonders viele Augen aus!

Manche Schüler waren nicht so schlau wie andere. Sie rasselten durch Prüfungen und wiederholten Klassen. Das führte damals nicht zu emotionalen Elternabenden oder gar zur Änderung der Leistungsbeurteilung!!

Wir machten unsere Pausenbrote selber, nahmen am Morgen einen Apfel mit und wenn wir das vergaßen, konnte man in der Schule nichts kaufen! McDonalds ... Burger-King ... Döner-Bude Snack-Bar ... Imbiss-Stand ... Pizza-Ecke ............ Fehlanzeige!

Zur Schule gingen wir (auch im Winter) zu Fuss! Schulbusse?? Gab´s nicht!

Unsere Taten hatten manchmal Konsequenzen. Das war klar und keiner konnte sich verstecken. Wenn einer von uns gegen das Gesetz verstieß, war klar, dass die Eltern ihn nicht automatisch aus dem Schlamassel herausboxten. Im Gegenteil: Sie waren oft der gleichen Meinung wie die Polizei! Na so was!

Wir hatten Freiheit, Misserfolg, Erfolg und Verantwortung. Mit alldem mussten wir umgehen und wussten wir umzugehen!"

Zum Glück hat das ein Schweizer geschrieben, also einer, der von Natur aus zur Neutralität verpflichtet ist, denn sonst könnte man ein wenig verzweifeln über den Verlust einer Kindheit, über das Lob der schwarzen Pädagogik und an der Weltuntergangsstimmung überhaupt: Nichts ist mehr, wie es einmal war.

Schon schade, nicht wahr?!

Und gibt es sie auch noch, die Erinnerung, die es an sich hat, alles in einen Glorienschein einzuwickeln oder aber im Gegenteil nichts mehr wissen zu wollen. Das eine sind dann die Heldensagen, das andere ist zwar auch vorhanden, aber ziemlich verdrängt.

Die andere Erinnerung ist dann auch alles andere als schön und so leicht hat das niemand weggesteckt. Wenn man heute im folgenden den Klappentext des Hörbuches liest, dann kann man nur von Ferne erahnen, was sensible Heranwachsende alles auszuhalten hatten.

C. D. wurde am 22. Juli 1963 in Wien geboren. Sehr früh schon richtete sich sein Interesse auf die Dinge jenseits der menschlichen Erkenntnismöglichkeit, Mystik und Esoterik. Als Studium wählte er darum die Astronomie, die Wissenschaft, die ihm den stärksten Bezug zur Unendlichkeit zu haben schien. Nie verlor er sein Hauptziel aus den Augen, Erkenntnis über das Nichterkennbare, über das Jenseits, über Gott. In den Abgründen der Literatur, auf Reisen in den Orient, aber auch in Experimenten mir Drogen versuchte er, sich ihm zu nähern. Immer bitterer wandte er sich von dieser Welt, dieser Gesellschaft ab, seine Hoffnung richtete sich ganz auf das, was nach dem Tod kommt. An seinem 22. Geburtstag, am 22. Juli 1985, setzte er durch einen Todessprung seinem Leben ein wohl lange geplantes Ende.

Von seinem Lächeln im Tode schrieb Elias Canetti: „Man spürt, dass er von Hoffnungen getragen war und was ihn verfolgt hat, kann ihn nun nicht mehr quälen."

Auch das gehört wohl zum Heranwachsen dazu und ein solches Ereignis trifft einen immer wie ein Blitz aus heiterem Himmel. Dieser Blitz freilich verdankt sich keiner Lichtbrechung eines regelmäßig geschliffenen Steines, der Stein kann so einen Blitz nur wiedergeben.

Sollte also so ein Diamant uns darauf aufmerksam machen, dass alles, was wir sehen oder blitzartig zu erkennen meinen, nichts anders ist als ein Reflex auf etwas, wozu wir keinen Zugang haben? Was also würde es bedeuten, wenn man sagt, man möchte einer Sache auf den Grund gehen?

Bleibt nur noch festzuhalten, dass wir zwar sehr viel wissen, aber die Begründungen für dieses Wissen bleiben verborgen!?

❧

*Am Kaffeetisch* herrschte versonnenes Schweigen, vielleicht konnte man das Klappern der Kaffeetassen hören. In diese Stille hinein hat die Nichte aus Amerika das Wort ergriffen und gemeint, das könne man bei allem Respekt dem Opa gegenüber nicht so stehen lassen und einfach die folgende Geschichte erzählt:

### „Die Eule und die Motte[8]

Eine Eule flog durch die Nacht. Da bemerkte sie auf einer Mauer ein kleines Licht. Sie flog näher und sah, dass das Licht von einer Kerze ausging. Eine Motte umkreiste die Kerzenflamme. Das interessierte die Eule. Sie landete neben der Kerze und sah der Motte eine Weile zu. „Früher oder später wirst

---

8 Erwin Moser: Das große Fabulierbuch, S. 74

du dir die Flügel versengen!" sagte die Eule zur Motte. „Das kann nicht gut ausgehen. Warum machst du das?" „Licht! Licht!" wisperte die Motte atemlos. „Gibt es etwas Schöneres? Ach, wenn ich nur näher rankönnte! Im Licht ist die Freiheit! Die Freiheit!" „Die Freiheit?" sagte die Eule. „Die Freiheit ist überall. In der Dunkelheit genauso wie im Licht. Aber sie ist ganz bestimmt nicht in dieser Kerzenflamme. Merkst du nicht, dass du eine Gefangene dieser Kerze geworden bist?" „Licht! Licht!" rief die Motte und kam der Flamme gefährlich nahe. Da stieß die Eule die Kerze um. Diese verlöschte. Die Motte setzte sich erschöpft auf die Mauer. Ich habe ihr zwar das Leben gerettet, dachte die Eule traurig, aber ich weiß jetzt schon, dass sie es bei der nächsten Flamme genauso machen wird ..."

Die Tochter der Nichte schnaubt schon die ganze Zeit durch die Nase: Immer die gleichen Geschichten! Warum muss man immer das machen, was einem vorgeschrieben wird? Warum darf man nichts ausprobieren?

Die Motte probiert es nur einmal aus.

Das stimmt schon, nur gibt es nicht soviel Licht auf der Welt, dass alle Motten ausgerottet werden können. Es gibt immer noch sehr viele Motten, aber immer weniger Kerzen.

Du verstehst aber schon, was die Geschichte erzählen will?

So doof bin ich auch wieder nicht. Aber wer hat das bestimmt, dass man nur ein einziges, kleines, winziges Beispiel hernehmen darf und damit ist dann schon alles gemeint?

Ein Bekannter am Tisch, den man allgemein einen gescheiten Mann nennt, mischt sich ein und wirbt dafür, nicht hier und heute diesen Streit auszutragen, dafür wäre die Zeit zu schade und die Geschichte zu schön, nur um sie zu zerreden. Er habe aber eine andere Geschichte mitgebracht, an der man sich die Zähne ausbeißen könne.

## Die Geschichte von zwei Kieselsteinen

Es war einmal in einem kleinen Dorf ein Bauer, der eine große Summe Geld einem alten unfreundlichen Mann schuldete. Der Bauer hatte jedoch eine hübsche Tochter, an welcher der alte Mann seinen Gefallen hatte. Also machte er eines Tages dem Bauern im Beisein seiner Tochter den folgenden Vorschlag:

Wenn ich deine Tochter heiraten könnte, dann würde ich dir alle Schulden erlassen.

Der Bauer und seine Tochter waren bestürzt über diesen Antrag.

Das merkte der alte Mann und meinte, das Los solle über seinen Antrag entscheiden. Er wolle zwei Kieselsteine, einen schwarzen und einen weißen, in einen leeren Beutel legen. Die Tochter solle dann, ohne hineinzusehen, einen Kieselstein herausnehmen. Er nannte zugleich auch drei Bedingungen:

1) Sollte der Kieselstein schwarz sein, dann heirate er die Tochter und somit sei die Schuld erlassen.

2) Nimmt sie den weißen Kieselstein aus dem Beutel, dann muss sie ihn nicht heiraten und die Schuld ist ebenfalls erlassen.

3) Weigert sich die Tochter einen Kieselstein zu herauszunehmen, dann geht der Bauer ins Gefängnis.

Noch während er sprach, bückte sich der alte Mann und nahm zwei Kieselsteine vom Boden. Dabei betrachtete die Tochter den alten Mann sehr genau. Sie bemerkte, dass der alte Mann zwei schwarze Kieselsteine nahm und in den leeren Beutel legte. Sie schwieg jedoch.

Der alte Mann forderte nun die Tochter auf, einen Kieselstein aus dem Beutel herauszunehmen. Es muss aber noch bemerkt werden, dass dieser Handel auf einer Strasse stattfand, auf der viele Kieselsteine waren.

Erinnern wir uns noch einmal, was die Bedingungen für diese Brautwerbung waren und überlegen dabei, welche Möglichkeiten die junge Frau hatte.

1) Die Tochter verweigert einen Kieselstein zu entnehmen. Dann wird der alte Mann ihren Vater ins Gefängnis bringen lassen.

2) Die Tochter nimmt beide Kieselsteine dem Beutel und stellt somit den alten Mann als Betrüger dar. Der würde natürlich alles abstreiten und die Folgen wären wahrscheinlich heftige Streitereien.

3) Die Tochter nimmt den schwarzen Kieselstein aus dem Beutel und opfert sich dem alten Mann als Gattin, um den Vater vor dem Gefängnis zu bewahren.

Als Zuhörer dieses Märchens wissen wir: Die Auflösung dieses Dilemmas im Sinne einer gerechten Lösung scheint für die Tochter ausgeschlossen! Aber im gleichen Augenblick wissen wir auch, dass die Geschichte eine Lösung haben muss. Also, was hättest du, liebe Leserin, lieber Leser an Stelle dieser hübschen Tochter gemacht? Einen Skandal wegen des Betruges des alten Mannes? Wer hätte dem Mädchen geglaubt? Aber weil der alte Mann ein reicher alter Mann war, hätte man wahrscheinlich seine Partei ergriffen – beide Ideen hätten jedoch mit Sicherheit den Vater des Mädchens ins Gefängnis und sie selber ins Elend gebracht.

Wie auch immer, die Tochter steckte also ihre Hand in den Beutel und nahm einen Kieselstein heraus und weil sie so aufgeregt und deswegen ungeschickt war, fiel der Kieselstein auf den Boden. Bevor man feststellen konnte ob er jetzt schwarz oder weiß gewesen sei, vermischte sich der Kieselstein mit den vielen anderen auf der Strasse.

Oh je, wie unbeholfen ich bin! meinte die junge Frau. Aber das macht ja auch nichts, nicht wahr? Wenn ich jetzt den zweiten Stein herausnehme, dann wissen wir sofort, welche Farbe der erste hatte. Und zu den Umstehenden sagte sie, wir werden also wissen welche Farbe der erste Kiesel gehabt hat, da stimmt ihr doch alle zu?

Weil der zweite Kieselstein, den sie aus dem Beutel nahm, schwarz war, musste der erste weiß gewesen sein.

Der alte Mann getraute sich natürlich nicht, seinen Schwindel zu gestehen.

So sagte der kluge Erzähler, jetzt habt ihr genug zu reden!

Nein, nein, meinte der Onkel, der heute zum ersten Mal mit am Tisch saß, wenn es um Dilemmas geht, dann kann man stundenlang trefflich streiten, da bin ich ein Spezialist für solche Geschichten. Ich mache euch einen anderen Vorschlag: Ich erzähle euch jetzt eine lange Geschichte und ihr könnt am Ende entscheiden, ob das nur so eine Erzählung ist wie viele andere, oder ob ihr eine Dilemmageschichte gehört habt und wenn das so sein sollte, worin wohl das Dilemma bestanden hat? Oder sind es vielleicht sogar viele Dilemmas? Oder wie der Anschein lehrt, gibt es nur Dilemmas, die zwar nicht zur Zufriedenheit aller erledigt werden, aber irgendwann muss man ja doch „gehorchen"?

Da fragt man sich, hat man die ganze Zeit nur das Blitzen der Steine gesehen und tun jetzt die Augen weh oder haben die vielen Blitze vor dem inneren Auge schon ein Bild entstehen lassen?

## 2. Vergebliche Erziehung

Ich kann mich noch gut an meinen ersten Schultag erinnern.⁹ Den Schulranzen hatte ich schon bekommen, er war zwar nicht ganz neu, mit einem Schnappschloss zu schließen, was sich dann in der Zukunft als nicht günstig erwiesen hat, weil da jeder von hinten die Tasche öffnen konnte. Und das

---

9 „Ich kann freilich nicht sagen ob es besser werden wird, wenn es anders wird; aber so viel kann ich sagen, es muss anders werden, wenn es gut werden soll." (Georg Christoph Lichtenberg, 1742–1799)

haben meine lieben Schulkameraden mit großer Freude gemacht. Viel war in dem Ranzen noch nicht drin, eine Schiefertafel und eine Griffelschachtel und für die Tafel ein Schwamm. Aus. Lange haben wir die Tafel nicht gehabt, nach einem halben Jahr hatten wir Hefte, aber die waren teuer und mit denen musste man sorgfältig umgehen. Da schreib man mit Bleistift und dann anschließend mit einem Tintenfüller, der in dem Tintenfass, das in die Bank eingelassen war, nachzufüllen war.

Also ich ging mit meiner Mutter mit Ranzen und Schultüte, in der sich einige Süßigkeiten befanden, in die Schule und dort wurden wir alle miteinander in eine Klasse geführt. Wir hatten einen Lehrer. Was er gesagt hat, weiß ich nicht mehr, meine Mutter hat sich das alles für mich gemerkt. Und dann gingen wir alle miteinander in die Kirche. Vor mir in der Kirche war ein Mädchen aus der gegenüberliegenden Mädchenschule mit ihrer Mutter. Beim Beten hat sie den Kopf geneigt, ihr Nacken hat mich sehr zum Kitzeln gereizt, aber das ging dort natürlich nicht.

Ich hatte einen langen Schulweg, am Anfang noch begleitet von meiner Mutter, dann aber musste er alleine zurückgelegt werden. Und weil der Weg so lange war, bin ich immer früh von zu Hause weggegangen und war dann mindestens eine Viertelstunde vor der Zeit im Schulhof, wo ich mich an der markierten Stelle für meine Klasse anstellte und meistens der erste war. Denn dort mussten wir in Zweierreihen stehen und warten, bis wir vom Lehrer in die Klasse abgeholt wurden. Ich stand also da und die Klassenkameraden haben noch gespielt. Nur eines Tages sind sie alle, und sie waren ja so früh da wie ich, schon angestellt gestanden und eine Mutter, die das Ganze angezettelt hatte, sagt triumphierend zu mir, da solle ich einmal merken, wie das ist. Dann musste ich mich eben hinten anstellen. Aber am nächsten Tag war wieder alles wie gewohnt, ich als Erster!

### *Wir lachen auch – Tränen*

Schülerleben:

Mit 3 in den Kindergarten
Mit 6 in die Schule
Mit 10 in die nächste Schule
Mit 16 in die Lehre
Mit 18 Matura
Mit 18 in die nächste hohe Schule

Mit 24 Prüfungen erledigt
Mit 24 wieder in die Schule,
berufliche Weiterbildung, Meisterprüfung
was auch immer
Irgendwann Partnerschaft
Vielleicht auch Kinder
Die kommen dann in die Schule
Wieder Schüler
immer Schüler
das ganze Leben lang
Manchmal auch Lehrer und vielleicht auch Chef.
Ein Menschenleben.

Ist das einfach der Lauf der Welt, ein Hamsterradl oder schlicht und einfach ein Dilemma? Und sollte es ein Dilemma sein, kann man es nur durch ganz persönlichen Einsatz und durch Clownerie bewältigen, damit alle anderen, die nicht einmal mehr dazu fähig waren, wenigstens etwas zu lachen hatten?

## Hingeschieden

Den Herren über Sein und Nichtsein hat es gefallen und mit vollem Ernst

unseren allseits und überall beliebten

### Michi

in der Blüte seines Schaffens aus dem schulischen Leben zu entfernen.
Er hat sich viele lange Jahre heroisch dafür eingesetzt,
dem Lehrkörper Humor und Verständnis,
Güte und Wohlwollen nahe zu bringen.
Er aber stieß auf taube Ohren, harte Blicke
und scharfe Worte und viele Ermahnungen und Strafen.
Noch heute gedenken wir seiner einfach primitiven,
aber doch ordinären Witze,
der Kurzweil in einem öden Schulalltag,
die er nur durch Fragen herzustellen wusste,

seiner entwaffnend gespielten Unschuld,
die einfach nicht verstehen wollte,
was denn jetzt schon wieder einen Anlass
für eine Betragensnote,
für eine Eintragung ins Klassenbuch
oder für eine
Vorladung der Eltern
gegeben habe.
Im Namen der 28 Hinterbliebenen
Heini.

Michi, du wirst in unseren Herzen weiterleben und niemals vergessen werden.
(Auszug aus einer Schülerzeitung)

### Die Philosophie des Mini

Nach dem Krieg war der Mini schon ein Kleines Wunder an Konstrukteurskunst und Kreativität. Vier winzig kleine Räder, die waren wohl der Ausgangspunkt der Überlegungen. Was können die tragen und befördern? Den kleinen Motor gibt man zwischen die Vorderräder, das Schaltgestänge ragt in den Motorraum und vermittelt unmittelbares Erleben der Technik, wenn man in den Gängen rührt. Die Zahnstangenlenkung ist präzise wie ein Lastwagen, der Spritverbrauch hält sich in Grenzen. In der darüber gebauten Blechkiste bringt man wirklich zwei Vordersitze und eine Rückbank unter, für Passagiere vorne ausreichend, hinten ein wenig eng: das klassische Familienauto für Menschen mit einem schmalen Budget tuckert durch die Landschaft. Bald wird entdeckt, wie man den Mini schneller machen kann und so entsteht nach und nach ein trendiges Auto, sehr tief auf der Fahrbahn liegend, im Winter nicht gerade ideal – aber so viel wie in den Alpen schneit es ja in England nicht.

In Deutschland sind es neben dem zweitaktiken Gogomobil, aber bei weitem nicht so spritzig und dem Loyd mit Spazierstockschaltung, der am Berg steht und heult, weil er für die Ebene gebaut worden war und dem Messerschmidt, einer auf kleine Räder gestellten ehemaligen Flugzeugkanzel (auch so einzusteigen) und einem Rasenmähermotor lauter Fahrzeuge, die man zwar fuhr, aber möglichst bald zumindest gegen einen VW austauschte, am ehesten noch dem Mini vergleichbar. In Italien war es der legendäre Topolino, in den man dort damals mehr hineinbrachte als heute in einen Minivan und in Frankreich der berühmte 2CV, der unter anderem ein beliebtes Übersiedlungsfahrzeug war. In der späteren DDR sollte es dann den Trabi geben, liebevoll Leukoplastbomber genannt, für den man keine Ersatzteile bekam und wo es schon mal vorkommen konnte, dass man ein defektes Zündschloss ausbaute und die Drähte irgendwie anders verkabelte, so dass beim Einschalten des Standlichts der Motor startete.

Manche dieser Fahrzeuge werden heute gehegt und gepflegt und mit Gold aufgewogen, und dürfen von Zeit zu Zeit ausfahren, manche stehen in Museen und werden in vielfacher Hinsicht bestaunt.

Die ersten Versionen des neuen Mini habe ich Mitte der 90iger in England gesehen, kompakte Bauweise, größere Bereifung und höher auf der Straße liegend. Natürlich musste man dafür Opfer bringen, es gab zum Beispiel kein Ersatzrad im Auto, dafür aber über dem Innenspiegel einen Notfallknopf, durch man mit der nächstgelegenen Werkstatt verbunden wurde, die dann schnellstens mit dem Ersatzrad herbeigeeilt kamen. Ein ideales Fahrzeug für Senioren, die noch ihren Führerschein behalten durften und eben einkaufen fuhren, weil die Nahversorger in den kleinen Orten auch in England schon längst für immer zugesperrt hatten.

Inzwischen hat der Mini eine schier unglaubliche Beliebtheit bei den 30 – 40jährigen Rucksacktouristen erlangt. Waren sie zwischen 20 und 30 mit kleinem Gepäck quer durch die Welt gereist, so wollen sie es nun, zum Teil schon auf den ersten oder sogar weiteren Stufenleitern des Establishments, diesen Kick des Reisens weiter haben, aber auf ein bisschen Bequemlichkeit nicht verzichten. Und als Cabrio wird es auch von schon etwas angegrauten Managern gerne gefahren, Baseballkappe und breite Brillen gehören natürlich dazu. Für das Gepäckbehältnis, Kofferraum kann man das ja nicht nennen, gibt es eigens angefertigte Taschen, die einmal entfaltet, zu staunenswerten Raumwundern werden können, aber immer noch in den Mini passen. Für junge Familien mit Kind, die immer noch jung bleiben wollen, gibt es das notwendige Kinderwagenangebot auf den Mini zugeschnitten für gutes Geld zu haben. Man gehört dazu und fährt mit Kind und Kegel einen Mini! Der Traum von der ewigen Jugend lebt weiter.

Für ganz praktische Nutzer gibt es den Mini als Kombi und ich habe mir von einer Physiotherapeutin sagen lassen, dass sie ihr Behandlungsbett in diesem Fahrzeug problemlos verstauen kann und außerdem wegen der idealen Abmessungen immer einen Parkplatz findet.

Der Mini ist zum Edlen unter den Kleinwagen geworden.
Und daneben hat sich das, oder soll man nur sagen, ein anderes Leben abgespielt, welches sich aus der Vergangenheit nicht lösen konnte.

Roda Roda schreibt:

„Die Österreicher haben mit den Deutschen nichts gemeinsam als die Sprache.
Die Österreicher sind keine Germanen,
sind ein Mischvolk,
sind ein deutschsprechendes Balkanvolk:
nicht so wahrheitsliebend wie die Türken,
nicht so arbeitsam wie die Bulgaren,
nicht so tapfer und phantasievoll wie die Serben,
nicht so lebhaft wie die Magyaren,
nicht so bescheiden im Anspruch an das Wohlleben wie die Griechen,
aber leichtfertig wie die Rumänen."

Soweit Roda Roda, der mit bürgerlichem Namen: Sándor Friedrich Rosenfeld hieß.
Man müsste heute ergänzen, dass jeder einzelne Wiener die k.u.k Monarchie in sich trägt, ohne Rücksicht auf seine Herkunft und seinen sozialen Stand und mit der Mini – Gesellschaft schwer vergleichbar ist. Auf beides sind nämlich die österreichischen Bundesländer neidisch, für welche die Feuerwehr diese Vielfalt ersetzt.
Was also ist Schule und vor allem, für wen ist sie da? Die Antwort ist gar nicht so einfach, wie man glauben möchte. Mitten in der Zeit gelegen sagen die einen, Schule sei eine Art beschützte Werkstätte und so eine schöne Zeit würde nie wiederkommen. Andere freilich verbinden mit Schule gar nicht schöne Erinnerungen und wollen von dieser Zeit nichts mehr wissen. Was also sind die Schulgeschichten: Mythos, Märchen oder verklärende Erinnerungen, je nachdem, wer das erzählt?
Es ist eben doch eine Glitzerwelt, die Schule, und wer vermeint, sie sei so wie eine Produktionsstätte für künftige hervorragende Persönlichkeiten zu führen, der muss wohl mit seinen Ansprüchen ein wenig demütiger umgehen. Schule leistet immer nur in einem bestimmten Prozentsatz das, was man an Erwartungen an sie hat; was sonst noch dort geschieht, das ist Schülerleben.

Es steht zu erwarten, dass dieses gordische Fragenbündel kaum aufgelöst werden kann, auch dann nicht, wenn man mal wieder, wie dies ja oft geschieht, mit dem Schwert hergeht und die Schule reformiert.

Dem F..., erinnere ich mich, einmal hatten böse Kräfte die Tafel mit einem ganzen Bündel Reiskracher versehen in der Hoffnung, der F... schreckt sich recht, wenn er, wie gewohnt, gleich nach der Wiederholung die Tafel in Position schiebt. Irgendwas muss er gespürt haben, denn er hat die Tafel ausnahmsweise fast bis Ende der Stunde nicht angerührt. Als er sie dann die Tafel gegen Ende endlich hinaufschob, hatten wir das schon vergessen und schreckten uns ordentlich über den mordsmäßigen Kracher. Der F... hingegen – vielleicht von Buerlecithin beruhigt – schob völlig ungerührt die Tafel noch ein paar Mal rauf und runter und meinte gelassen ‚Schau ma, ob's noch einmal kracht!' ...

Welch ein Tribun! Er konnte aber auch unangenehme Fragen stellen.

„Der Tag hat 24 Stunden, die Nacht 12, macht 36 – und Du hattest keine Zeit Vokabel zu lernen?!"

Andererseits muss man selbstkritisch festhalten, ist es schon bedenklich, wenn man die Erwähnung des Isis Kultes unvorbereitet, trotz intensivem Einflüstern am Ende doch voller Überzeugung mit „Manche verehren auch den Isidor" übersetzt, dann ist trotz allem die spätere Politkarriere dieses im Moment armen Würschtels im Parlament wohl auch schon vorgezeichnet.

Das ist dann genauso wie die Enuntiation jenes heute in der Wiener City äußerst erfolgreichen und angesehenen Mannes, der bei der Matura dauernd das Wort „Spitzenstrom" gebrauchte und schließlich doch gefragt wurde, was denn das sei. Die Antwort war schlicht: „Ein Spitzenstrom ist ein Strom, der Spitze ist."

Na ja, er hat die Matura bestanden.

„..., wie berechnet man das Drehmoment eines Rotationskörpers auf einer schiefen Ebene?"

– „Äh ... Sagens Fessa (Kurzform für „Herr Professor"), wie war denn das mit den Russen, und wie sie da auf der Lauer gelegen sind, ganz allein?"

– „Naja, das war so ..."

(... beginnt irgendwelche Kriegserlebnisse zu erzählen. 30 Min später läutet es)

– „Uijeh, jetzt geht sich meine Prüfung nicht mehr aus, welche Note bekomme ich?"

– „Einen Dreier."

Hatte immer einen Dreier beim ... und es war immer die gleiche Prüfung.

Eben jener Professor kommt in die Klasse und ist etwas verstört. „Da hat mir wer einen Griff auf das Dach über der Tür von meinem Auto draufgeschraubt! Was soll das? Ich brauch das nicht!?"
Glitzernde Schüleraugen strafen die zur Schau getragene Empörung Lügen.

Aber um die Ecke gibt es natürlich ein Beisl, es ist halt immer nur die Frage, welches Schüler aufsuchen können. Denn irgendwo zwischen Schule und daheim muss man ja wohl noch ein wenig tratschen und „ausdampfen", denn sonst hält man ja Schule nicht wirklich aus. Von so einem Beisl ist jetzt die Rede.

**Ein Euro**

1€ ist viel oder wenig, je nachdem, wie man es sieht.

In unserem Grätzl gibt es, wie gesagt, einige Wirtshäuser und Restaurants unterschiedlicher Stilrichtung, richtig reich wird kein Besitzer oder Pächter. Der Grieche zum Beispiel sperrt auf und dann wieder zu, jedes Mal ein anderer Grieche halt, jedes Mal aber mit einer Küche, die griechisch sein kann oder auch nicht.

So ein echtes Beisl, so echt wienerisch, mit diesem hout gout von kalten Zigarettenrauch, abgestandenem Bierdunst und Gulasch, das haben wir nur einmal. Vor zehn Jahren war das eine Goldgrube, denn um ½ 7 waren die Mistkübler zum Frühstück dort, dann kamen so gegen 11 die Beamten aus dem Bezirksamt, gegen ½ 1 die Bankangestellten zum preiswerten Mittagsmenü, am Nachmittag bis gegen Abend die Tachinierer und dann am Abend diejenigen, die preiswert mit der Familie essen gehen wollten, gegen ½ 10 dann die verschiedenen Turnrunden aus dem Turnsaal der Hauptschule um die Ecke. Viel los, ein kleiner, immer etwas schmieriger, aber genialer Koch und ein Besitzerehepaar, das unermüdlich an der Arbeit war.

Irgendwann begann aber die Bequemlichkeit, vermutlich war weniger Verdienst auch noch genug, man sperrte später auf und früher zu. Die Mistkübler blieben weg, die Beamten und Angestellten gingen zum Bäcker oder zum Fleischhauer zu einer billigen Mittagsmahlzeit, die Tachinierer mussten mit dem Bier sparsamer umgehen und die Familien wollten sich dem Beisldunst nicht mehr aussetzen, weil Kinder und Eltern anschließend alle in die Badewanne und das Gewand auf den Balkon hängen mussten. Insgesamt ein Einpendeln auf einem geringer geruchsintensiven Niveau.

Ein Euro ist viel oder wenig, das kommt auf die Optik an. Der Beislwirt hat sich noch ein Gefühl dafür und eine gewisse soziale Ader bewahrt, weil er am Samstag für die Pensionisten ein Menü: Schnitzel mit Pommes frites, für € 5,70 angeboten hat. Das war nett und es sind nicht nur Pensionisten hingegangen, weil am Sonntag das Beisl geschlossen hat. Das war vor drei Jahren. Und seitdem verändert sich der Preis immer nach den Sommerferien, voriges Jahr waren es € 6,70 und dieses Jahr sind es dann €7,70 geworden. [10] Immer ein Euro mehr, aber ein Euro mit Komma dahinter, denn bei –,70 rundet man beim Bezahlen in der Regel schon auf. Abgesehen davon bleibt es nicht bei dem Schnitzel, sondern es wird etwas dazu getrunken, nehmen wir an, sei es nun ein Bier, ein Gespritzter oder ein Saft (der ist das teuerste von allen), dann sind noch einmal mindestens zwei Euro weg. Rechnen wir also zusammen und nehmen ein Pensionistenehepaar, das auf ein Schnitzel ins Beisl geht. Vor drei Jahren waren das 16 Euro, voriges Jahr schon 18 Euro und dieses Jahr, in dem Jahr, an dem ich im Garten keine einzige Amsel gesehen habe, muss man schon 20 Euro hinlegen. Bei durchschnittlich vier Samstagen sind das je nach der Rechnung, ob Single oder Ehepaar, mindestens etwa 18 oder 40 Euro, das Trinkgeld nicht einberechnet.

Schüler besuchen dieses Beisl nicht, aber das war ja von Anfang an klar!

Nun kann man ja auch in Alternativen denken, denn wer sagt denn, dass der Mensch zum Leben ein Schnitzel braucht? Es gibt in Zeiten wie diesen genug Menschen, die meinen, mit viel weniger komme man auch über die Runden und von daher sogar Sozialhilfebeiträge berechnen wollen. Also eine Alternative. Da wäre zum Beispiel die beliebte Mehlspeise, die beim Fleischhauer unter dem Titel: Knackwurst, oder noch besser dem Wienerischen angepasst: Knacker, verkauft wird. In vergangener Zeit, dem vorigen Jahrhundert, nach dem letzten Weltkrieg, als Politiker noch solche waren und es auch an einem gewissen sarkastischen Humor nicht fehlen ließen, durch den Österreicher sich auszeichnen, hat ein Bundeskanzler dieses Lebensmittel als „Beamtenforelle" bezeichnet. Nehmen wir also unser Pensionistenehepaar, das der Schnitzelfalle entgehen will und sich den Knackern zuwendet. Eine Knackwurst pro Person kann wenig sein, also nehme man für zwei Personen drei Stück, dann hat jeder drei halbe, oder anders gerechnet eineinhalb Knakker. Wenn man sich nach dem gleichen Schlüssel zu dem Schmaus noch ein Bier gönnen möchte, also eineinhalb für jeden, insgesamt also drei Krügerl,

---

10  Heute war der neue Preis da: 9,50€!

Flaschen oder Dosen, dann kostet das im aktuellen Handel beim Fleischhauer ohne jede weitere Beilage wie Brot oder Salat neun Euro vierundzwanzig, € 9,24.
1€ ist viel oder wenig, je nachdem, wie man es sieht?
Nach diesem Ausflug in die höhere Mathematik und in die Überlebensstrategie von Pensionisten und dem immer mangelnden Taschengeld von Schülern kommen wir wieder zurück auf den Boden der Tatsachen, auf den Schülerboden also.
Stimmt alles – leider, oder: die Erinnerung von ehemaligen Schülern bleibt unbestechlich, behaupten wenigstens sie selber.
Mein Alptraum bis heute bleibt Frau Prof. M. ... Sie war das hässlichste, was die Schule für mich zu bieten hatte – in jeder Hinsicht. Ihr Outfit: Schwarzer Strickrock mit roten Rosen inklusive schwarzer Strickstrümpfe mit roten Rosen – oder – von Kopf bis Fuß in zitronengelbes Leder gekleidet. Ich war auch immer wieder zwischen 4 und 5 ... Aber auch ihr Mann, obwohl hoher Beamter, wurde dem Vernehmen nach unter dem Pantoffel gehalten. Die hat doch auch die Nägel abgebissen und dann den Armen in der ersten Reihe auf den Kopf gespuckt ... Gibt es vielleicht von ihr ein Foto – leider ließ sie sich ja nie freiwillig fotografieren. Antwort: Nein, die Kameras sind beim bloßen Anblick zersprungen.
Und erst der Unterricht! Geschichte und Geografie vorgelesen aus einer A5 Collegemappe, in der die Mitschriften aus ihrer Unizeit waren. Immer unverständlich und immer Nichtgenügend für die meisten. „Frau Professor, gibt es in Grönland Hasen?" „Natürlich, du dummer Bub!" „Und welche Farbe haben die denn?" „Weiß natürlich!" „Dann sind das also Schneehasen?" „Jetzt hast es sogar du begriffen." Ich erinnere mich noch, wie der Klausi ihr eingeredet hat, dass auch ein Test so lange zu wiederholen sei bis mehr als die Hälfte positiv ist!
Dafür haben wir die Stunden bei der Chemikerin bei Tschicks (Zigaretten) (aus dem Fenster) und Kaffee (irgendein Gesöff (G'schloder auf Wienerisch) übern Bunsenbrenner im Labor) verbracht; leider habe ich daher auch bis dato keinen Schimmer von Chemie!
(Im folgenden muss man sich die a Laute im Sinne des Schönbrunner Deutsch mit einer starken Einfärbung nach o vorstellen!)
„Na, nachdem des heut unsere letzten zwei Stund sind hab ich ein paar einfachere Übungsbeispiele für die schriftliche Matura mitgebracht. Die entsprechen dann im Schwierigkeitsgrad schon in etwa, in der Länge natürlich

nicht, weil heut hamma ja nur zwei Stund Zeit und in zwei Wochen dann fünf, hehehehe …
Alsdann:
Gegeben ist die Kantenlänge s=7 eine auf Pi1 stehenden regelmäßigen Pentagondodekaeders. Die Grundfläche kann beliebig angenommen werden. Der Körper ist in Grund- und Aufriss darzustellen.
Was schauts ihr so deppert? Könnt's ihr alle nicht Griechisch?
„Pentagon" heißt „Fünfeck".
„Dodeka" heißt „zwölf", und „-eder" heißt „-flächner"
Na, das is halt ein regelmäßiger Fünfeck-Zwölfflächner.
So, jetzt wirds ja nicht mehr schwer sein, also B…, komm gleich heraus an die Tafel.

Noch besser war aber jener Physiklehrer, der auf die harmlose Frage, was denn das Wort „homogen" bedeute, mit einer Erklärung ansetzte: Das ist Griechisch und Lateinisch, „homo", Lateinisch, heißt Mensch, „genein" ist Griechisch und heißt: schaffen. Homogen heißt also: „Vom Menschen geschaffen!"

Aha, immerhin darf man anmerken, das es für diese Erklärung 29 Zeugen gibt.

Und dann war da noch das Raucherhäusl, wo so „Manches" geraucht wurde … gibt es heutzutage so etwas überhaupt noch!? In Zeiten wie diesen ist doch das Rauchen in Amtsgebäuden verboten. Wo rauchen die „Oberstufler" heutzutage ihren „Pausentschik"?

Damals hats geheißen: „Heaast, brunzt Du daham a in die Aschenbecher?"

Und da gab es noch die militanten Nichtraucher Professoren. Da hat einer die Wasserspülung in einer Toilette abgedreht und seinen Kassettenrecorder hineingestellt, um herauszukriegen, wann die Schüler rauchen gehen und mit welchem „Codes" sie ihre Mitschüler vor herannahenden Professoren warnen. Wurde dann einer in flagranti erwischt, dann durfte er je nach Schwere des Vergehens eine bis fünf Seiten der Raucherfibel entweder ins Englische oder ins Französische übersetzen.

Und dann gab es noch den Professor P… mit seinem Lotus, der war eindeutig das Beste an dieser Schule, als ich aus dem hehren humanistischen Gymnasium in der Stadt dort hinaus aufs Land musste (Von der Innenstadt aus gesehen nämlich urweit weg ;–); mit ihm war ich in England (Sprachferien) und da haben wir einen Grand Prix in Silverstone besucht! Linksgesteuerter (!) Lotus und ich auf dem Beifahrersitz: „Sag, wenn ich überholen kann, Schorschi!"

Und dann gibt es noch die Schulsekretärin, deren Macht man ja nicht unterschätzen darf. Da hat eine einem Schulinspektor den Spitznamen „Gamaschenferdl" angehängt, weil er immer mit dem Fahrrad auf Inspektion gekommen ist und um die Hose eine Spange getragen hat, damit sie nicht in die Fahrradkette gerät. Er hatte wohl vergessen, diese Spange vor dem Besuch in dieser Schule herunter zu nehmen.

Über eine andere Sekretärin berichtet nach vielen Jahren ein ehemaliger Schüler:

„Wer kannte sie nicht, unsere allseits geschätzte, ob ihres liebenswürdigen Charmes über die Grenzen unserer Bildungsburg (oder besser: unseres Bildungsbunkers) hinaus bekannte Frau Sekretärin Prüglhüpf auch genannt „Hausdrachen" oder „Bluthund"?

Sie ist mir in steter Erinnerung geblieben, zum einen durch ihre liebevolle Motivation: „Du scho wieda? Nimm ausse dei, hm, wos hostn da? Ah, des Deitschheftl. Her damit! So, Burschi, du schreibst bis murgn die Seitn 134 bis 142, oba schee, sunst mochstas noamoi!, und zum zweiten, weil ich, ungelenker Linkshandschreiber, nach dieser Marathontortur – wohlgemerkt neben den HÜs – meine Hand mehrfach wiederbeleben musste, diese drohte abzusterben, man musste ja auch schön schreiben!

Nie werd' ich unser „erstes Mal" vergessen: ich war ein (noch braver) Schüler der 1e, als bei einer Rangelei vor der Klasse eines der Fenster zum Innenhof zu Bruch ging. Die Gangaufsicht (ein Beiwagerl[11]), auch leicht überfordert ob der Mächtigkeit der Tat, schnappte 2 Schüler, die nicht schnell genug auf und davon waren und brachte sie zum Direx. Einer davon war – natürlich – ich. Unsere liebe Frau Prüglhüpf, ein klein wenig aus dem Häuschen ob unserer Schandtat (mir kam damals vor, sie hätte blutunterlaufene Augen – man hatte ja schon furchterregendes gehört), erklärte uns nicht eben ganz leise, welcher Unterart der gemeinen Schleimwürmer wir zugehörig waren. Es war einer jener Momente, wo die Blase kurz vor der ungewollten Entleerung steht.

Mein Mittäter wurde also, wegen der alphabetischen Reihenfolge der Nachnamen, in ihrer gewohnt liebenswürdigen Natur, zuerst mit einer nicht zu ver-

---

11  Ein Lehrerschüler, also Einer oder Eine, die frisch von Uni kamen und Lehrer lernen wollten. Damit man diese Schüler von den „normalen Schülern unterscheiden konnte, hat man sie liebevoll „Beiwagerl" genannt: sie waren einem Professor zugeordnet und mussten lernen, so wie der zu unterrichten.

nachlässigenden Schreibarbeit belohnt als plötzlich die Türe aufging und der gestrenge Herr Direktor ... mich – noch in katatonischer Starre verharrend – in sein Zimmer rief. Die nachfolgende Szene spielte sich in etwa so ab:

S: Also, wie heißt denn?
I(ch): ...
S: Ah ja, dei Vater hat a Firma, gell?
I: Ja, Herr Direktor.
S: Was hast denn angstellt?

Es folgte eine detailreiche Schilderung der Tat nebst mehrfachem Hinweis darauf, dass ich eigentlich ja gar nix gemacht hätte.

S: So, wir können jetzt dein Vater anrufen ...
Mein Gesicht dürfte recht lange geworden sein.
S: ... oder wir lösen das wie Männer!

Und schon hatte er mir eine gerissen, dass es krachte. Ich war dermaßen verblüfft ob der „einfachen" Lösung, dass mir weder eingefallen wäre zu heulen oder etwa mich zu beschweren, ich dachte nur: es gibt einen guten Gott!

S: So, jetzt simma wieda gute Freund. Kannst jetzt gehn!

Und er öffnete mir die Türe.
Aber nun kommt's: Der „Bluthund" vor der Türe wollte mich sofort zu einer jener legendären Sysiphos-Schreibarbeiten vergattern, als der Direktor ihr (dem Hausdrachen) lässig ein „Wir haben das bereits wie Männer gelöst" hinwarf und ich somit OHNE Strafe entlassen war. Es kann sich ja keiner vorstellen, wie erleichtert ich war! Es war ein guter Tag!"[12]

Wenn es in der Schule schon so zuging, dann darf es nicht verwundern, dass das dazu gehörige Umfeld ja auch seine Besonderheiten aufzuweisen hatte. Viele schöne Häuser bis Villen, eine gepflegte Aussprache, schon im Kindergarten nur Kleidung der besten Marken und überhaupt die vielen Heurigen. Da ist es sowieso klar, dass ältere Schüler am manchem lauen Vorabend dort hin pilgerten und der aus der Klasse, der schon die tiefste Stimme hatte, musste

---

12 Authentischer Bericht des Schülers C., mit dessen freundlicher Genehmigung hier wiedergegeben.

vorher dort anrufen und einen Tisch auf den Namen: Pschistranek, reservieren. Egal welcher Heurige aufgesucht wurde, die Kellner waren jedes Mal bei dieser telefonischen Bestellung schlichtweg überfordert, besonders weil der Besteller trotz seiner jungen Jahre ein tadelloses Schönbrunner Deutsch, leicht nasal natürlich, zu artikulieren wusste. Draußen vor dem Telefonhütterl haben sich die mithörenden Mitschüler krumm gelacht. In so einem Biotop muss es das und natürlich auch andere bemerkenswerte Sache geben.

## Wir und unsere Viecher, oder: Die Wildschweine vom Nussberg

Man soll es ja nicht glauben: Unsere Stadt ist eine Großstadt. Aber ebenso unglaublich ist die Tatsache der Wiener Fauna. Es soll in der Stadt 40.000 Hunde geben, jedenfalls für etwa so viele wird Hundesteuer bezahlt. Also kann man davon ausgehen, dass es viel mehr gibt, von den zweibeinigen Hunden einmal abgesehen. Über die Anzahl der Hauskatzen gibt es durchaus unterschiedliche Auffassungen, artengeschützte Schildkröten gibt es auch unzählige, von im Käfig gehaltenen Vögeln ganz zu schweigen. Die Reptilien und Schlangen sowie andere exotische Lebewesen, die in Privatwohnungen gehalten werden, wollen wir lieber nicht erwähnen.

Wenden wir uns den freilebenden Tieren zu. Im Winter fallen vor allem die Krähen auf, welche bei Einbruch der Dämmerung ihre entlaubten Schlafbäume auf der Ringstrasse beim Imperial aufsuchen. In den Auto Reparatur Werkstätten sind die Marder sehr wohl bekannt, denn der Austausch durchgebissener Kabel ist inzwischen zu einem nicht unerheblichen Faktor des Reparaturgewerbes geworden. Leben doch die Marder in den für sie warmen Tiefgaragen und nähren sich von den Inhalten der Mülltonnen; alles in allem also ideale Voraussetzungen für eine wachsende Population.

Dass es aber auch Wildschweine in der Stadt gibt, das wissen nur wenige. Die Jäger wissen es, aber die dürfen ja auch nicht alles schießen, was ihnen vor die Flinte kommt und von daher erklärt sich, warum die Anzahl der Wildschweine anwächst. Außerdem scheint, wie man sagt, der für den Nussberg zuständige Jäger schon in die Jahre gekommen zu sein und vielleicht freut ihn das Jagen nicht mehr.

Wie auch immer, ein Weinhauer hat sich für die etwas spätere Lese einen Weingarten mit der Rebsorte Zweigelt aufgehoben. Irgendeine kleine Freude muss man sich ja lassen, denn die Arbeit im Weingarten ist kein Honiglecken und der Rotwein ist in Wahrheit eine echte Liebhaberei. Dieser Weinhauer war nicht wenig entsetzt, als er in seinen Weingarten kam und feststellen musste, dass von seinen Trauben so gut wie nichts mehr übrig war und dass offensichtlich Wildschweine sich hier gütlich getan hatten.

Was lernen wir daraus? In Wien warten Wildschweine erst gar nicht, bis der Wein gekeltert und in Flaschen abgefüllt wird, sie fressen direkt vom Weinstock und holen sich den schnellen Rausch.

Aber kehren wir von dieser traurigen Geschichte wieder zurück in den mindestens ebenso traurigen Schulalltag, hier im Besonderen zu dem oben schon angesprochenen Thema: Kant!

Professor P. schreibt die zugemachte Tafel zum Thema ‚Kant' voll. Am Ende angekommen, öffnet er wie immer beide Flügel, um weiterzuschreiben. Er liest, was auf der mittleren Tafel schon von bösen Schülern vorbereitet worden war:

‚Als Immanuel Kant an seinem Körper herab sah, entdeckte er das Ding an sich.'

Als einer, der unterrichtet hat und immer für die Koedukation war, stimmt mich diese Geschichte wehmütig, gehört sie doch in die Kategorie der Feuerzangenbowle oder ähnliches. Leider weiß man von den heutigen Schülern nicht so gekonnte philosophische Grunderkenntnisse zu berichten, ob das wohl im Gender Main Streaming liegt? Was waren das noch für Zeiten, als die vom Gymnasium fragten: Herr Fesser, sie haben doch die und die im Unterricht im anderen Gymnasium, wie ist den die so? Oder anders rum: Herr Professor, Sie kennen doch den und den vom Gymnasium, kann man mit denen reden? Was waren das für Anstrengungen, die Geschlechtertrennung im Kopf wenigstens bei den Partys zu überwinden! Alles sehr schön und sehr gut, nur nichts philosophisch Ab- oder gar Tiefgründiges.

Am besten ist mir noch die Matura – Prozession in Mönchskutten, angeführt vom jungen S… mit Vortrage – Kreuz vom Buben Gymnasium zum Mädchen Gymnasium in Erinnerung. Sie gingen alle ganz brav mitten auf der Fahrbahn, brachten den Verkehr zum Erliegen und marschierten in den Schulhof ihres Zieles, begeistert empfangen von jenen Klassen, die auf den Hof schauen konnten. Dann löste sich die Versammlung von selber auf.

Dem Vernehmen nach soll der alte S… dem jungen, der die Prozession angeführt hat, eine fürchterliche hineingehaut haben, so empört war er als Vater und, als zur Zeit als Schuldirektor in Amt und Würden befindlich, über den Missbrauch des Mönchgewands.

Nach dieser nonverbalen Missfallensäußerung eines verdienten Pädagogen ringen wir uns zu der Behauptung durch: Es kommt eben alles auf die Sprache an. Wie sprach doch schon Wittgenstein:

„Unsere Sprache kann man ansehen als eine alte Stadt: Ein Gewinkel von Gässchen und Plätzen, alten und neuen Häusern, und Häusern mit Zubauten aus verschiedenen Zeiten; und dies umgeben von einer Menge neuer Vororte mit geraden und regelmäßigen Straßen und mit einförmigen Häusern."

In solchen sprachlichen Stadtlandschaften kann man sich ganz schön verirren. Deshalb muss man schon auf der Hut sein, in Wien, beim Sprachgebrauch. Selbst beim Heurigen, wenn die Zunge manchmal mit der Sprechgeschwindigkeit der rechten oder linken Gehirnhälfte nicht mehr so recht mitmachen will und daher gewisse Undeutlichkeiten, im Volksmund „lallen" genannt, entstehen können, sollte man genau aufpassen, wenn man sich ein „Burenheitl" bestellt. Für den Nicht-Wiener sei es etwas deutscher geschrieben, nämlich Buren-häutl, was darauf aufmerksam macht, dass es sich um eine Wurst handelt, eine pikante außerdem. Etwas unsicher in der Aussprache könnte leicht das Wort „Hurenbeitl" entstehen, wovor schon ein einschlägiges Wörterbuch ausdrücklich warnt. Das wäre nämlich schon eine ziemliche abfällige Bemerkung über einen Menschen männlichen Geschlechtes und einem freundschaftlich weinseligen Gedankenaustausch durchaus auch abträglich.

Es gibt das gute deutsche Wort des „Darmwindseglers". So spricht man zumindest in gebildeten Kreisen oder solchen, die sich dafür halten. Was damit gemeint ist, braucht nicht diskutiert zu werden, denn solche Menschen, auf die jene Bezeichnung zutrifft, sind wohl überall anzutreffen; in letzter Zeit scheint es außerdem so, dass deren Zahl im Steigen begriffen ist. Es kann freilich auch passieren dass man Manieren und Hochsprache und Zugehörigkeit zu einer sozialen Schicht einfach vergisst, besonders dann, wenn Emotionen im Spiel sind, da heißt es dann schlicht und ergreifend: Arschkriecher. In der Medizin, die ja mit allem zu tun hat und sich in der Regel mit Menschen im Ausnahmezustand beschäftigt, braucht es manchmal auch die Möglichkeit, durch die notwendige Distanz wieder zum normalen Alltag zurückkehren zu können, ohne sich gleich der Hochsprache oder Vulgärausdrücke bedienen zu müssen. Deswegen heißt in der Medizin die eben genannte Gruppe ebenso lateinisch wie eindeutig: Anus Kraxler, wobei zugegeben werden muss, dass diese alpinoide Ausdrucksweise sowohl ihren Charme als auch jene Eindeutigkeit besitzt, die zum Beispiel in Wanne Eikel mit diesem Begriff nicht zum Ausdruck zu bringe wäre, unter Medizinern schon gar nicht.

Bei der allgemein verbreiteten medizinischen Halbbildung weiß heutzutage jeder, was die Abkürzung „CT" bedeutet. Und wenn er oder sie es nicht weiß, dann empfiehlt sich ein Blick ins Internet und das anschließende Ausdrucken der Erklärungen, was im Effekt mindestens ein Kilo bedrucktes Papier bedeutet

– aber dann weiß man's wirklich. Es soll nur darauf hingewiesen werden, dass es natürlich eindeutig ist, wenn „CT" auf einem Überweisungsschein steht. Aber wenn es in der Kartei, entweder auf dem altmodischen Papier oder im Computer direkt neben dem Namen steht, dann heißt „CT": caput textile, zu deutsch: Fetzenschädel! Man muss aber gerecht bleiben und den Begriff „Fetzen" noch ein wenig erklären, damit man sich nicht sofort vor dem Patienten oder Patientin fürchten muss. Dazu muss historisch ein wenig ausgeholt werden. Nach dem Ende sowohl des ersten als auch des zweiten, bisher letzten großen Krieges im vorigen Jahrhundert hatten die spielwütigen Burschen natürlich keine Bälle, weder aus Gummi, aus Leder schon gar nicht. Sie wollten aber Fußball spielen und so haben sie aus alten Fetzen das „Fetzenlaberl" gemacht, ein Ballersatz, der einiges ausgehalten hat, wenn man die Fetzen gut zusammengefügt hat. Man konnte damit recht gut Fußball spielen und aus dieser Generation, die derart dem Umgang mit dem Ball gelernt hat, ging das später das berühmte und legendäre österreichische Fußball Wunderteam hervor. Hingegen ist Fetzenschädel schon ein klein wenig abträglich gemeint: diese Person ist mit Vorsicht zu genießen, Achtung! Und auf der medizinischen Karteikarte vermerkt ist das der Hinweis, dass die Behandlung dieser Person mit dem notwendigen professionellen Abstand durchzuführen ist. Ein Fetzenschädel muss nicht notwendig dumm, ein Querulant oder ein Besserwisser sein, etwas spinnert oder im Verhalten etwas seltsam, das alles ganz und gar nicht, aber hinwiederum sicherlich von dem allen ein bisschen etwas. Das macht die Ambivalenz der medizinischen Diagnose „CT" aus.

Stünde aber auf der Karteikarte „GSp", dann heißt das keineswegs gastritis spinalis, weil zu Recht gemutmaßt werden darf, dass es eine solche Bezeichnung nicht gibt. Nein, es heißt schlicht und ergreifend: Gallina spastica, zu deutsch: Krampfhenne. Dem muss nichts hinzugefügt werden.

Und abschließend darf gefragt werden: Was ist bei einer Infusionstherapie eine Stichprobe? Das Rätsel kann nicht gelöst werden, auch wenn es in einer wissenschaftlichen Abhandlung zu lesen war. Wie auch immer, auch die Medizin ist eine empirische Wissenschaft, aber ganz eindeutig ist sie halt auch nicht immer.

Aber auch der hoffnungsfrohe Nachwuchs übt sich schon möglichst früh in der Kunst des sprachlich korrekten Ausdrucks, auch wenn die gesprochene Sprache mehr und mehr, wie vieler Orts üblich, immer mehr zu eine Dialekt Sprache wird. Vor diesem Hintergrund muss man die Geschichte von der Malerfarbe verstehen. (Der Dialog wurde der besseren Lesbarkeit wegen aus dem Dialekt ins halbwegs Hochdeutsche zurückversetzt)

A zu B:
„Heaast B, kannst du mir nicht Drogen besorgen?"

B zu A:
„Was meinst du damit? Was für Drogen willst du und wozu (zer wos) brauchst du die?"

Sagt A zu B:
„Ich brauch ein Geld, mein Taschengeld langt nicht und da möchte ich's mit dem dealen probieren. Selber nehm' ich nichts, weil sonst verbrauch ich zum Schluss meinen Gewinn. Ich will die Leut ausnehmen."

B zu A:
„OK. Ich werde dir was besorgen"

*Tage später*

B zu A:
„Da hast, was du wollen hast. Kost an Hundata."

A zu B:
„OK, da hast. Ich geh gleich hinüber zum Eissalon und verkauf ihn mit Gewinn, haha … "

*Gegenüber*

A zu C:
„Brauchst du was?"

C zu A:
„Herzeigen"

A zu C:
„Kostet zweihundert"

C zu A:
„Des is nix …"

(Auf Grund des sachkundigen Urteils von C wurde A schnell davon überzeugt, reingefallen zu sein. B war verreist. Nach einigen Tagen wurde die Sache zwischen B und A unter Rückgabe des Hundatas und moralischer Belehrung bereinigt.)

Freilich, wie auch immer, die „Moral von der Geschicht" ist doppelbödig: Da wird einem hoffnungsfrohen Jungunternehmer der Einstieg ins geschäftliche Leben unmöglich gemacht und gleichzeitig muss der, der hier offenbar schon gut im Geschäft ist, sich moralische Belehrungen gefallen lassen. Sollte freilich jemand mit der Moral der Moral, also der Übermoral angerückt kommen und die große moralische Kanone in Stellung fahren, indem er meint, solche Geschäfte seien grundsätzlich in jeder Hinsicht verwerflich, dann muss er sich wohl heutzutage in Hinblick auf die globalisierte Geschäftemacherei fragen lassen, auf welchem Stern er denn lebe?

Nicht für die Schule, sondern für das Leben lernen wir – sage noch einer, obwohl das Zitat als Zitat so herum schlicht und einfach falsch ist, das würde nicht geschehen?!

Und noch ein Nachtrag. Die zu alten Herren gewordenen ehemaligen Schüler erinnern sich, als wäre es gestern gewesen:

„Sie hatten ihn. Ich weiss auch wer. Seit vorigen Sommer. Einen Nachschlüssel zum KR. Damit konnten mit Glück Nachtens die weggeworfenen Matrizen der Schularbeitsangaben sichergestellt werden(in die Schul' rein kam man sowieso). Meistens blieb danach aber nicht mehr viel Zeit, denn die meisten Lehrer waren unorganisierte faule Säcke und haben die Angaben immer erst im letzten Moment abgezogen.

Aber ich bin mir ziemlich sicher, dass die G'schicht wahr ist, denn wir bekamen einmal plötzlich unverhofft eine Lateinschularbeit vom … (der war dank Buerlecithin besser organisiert, daher gab's die a paar Tage vorher …) zugesteckt. „Muss für euch sein … hamma im Mistkübel beim Turnsaal gfunden …"

Im … hat mir dann der Genosse letztlich in einer schwülen Nacht die ganze G'schicht erzählt. Blieb einige Zeit unbekannt, bevor man das Schloss auswechselte. An die Oberfläche kam nie was davon."

„Pfo! Wenn ich einmal eine gute Schularbeit hatte, dann hab ich dafür GELERNT. Wir haben natürlich damals schon davon gehört gehabt (die Mär zog durch die Gänge), haben das aber ins Reich der „urban legends" verbannt. Scheint so, dass die „Ehernen" mehr kriminelle Kreativität besessen haben! B-)) Aber, wie der … schon gesagt hat, wir waren ahnungslos! Chapeau nachträglich!"[13]

Konnte aber auch mächtig daneben gehen. Sicher in vielen Jahrgängen gab es hellsichtige Nachhilfelehrer, die entweder aus dunklen Quellen oder den wenigen ausgestreuten Vokabeln die Stellen für Lateinschularbeiten ‚errieten'. Der … aber hat uns einmal furchtbar ausgetrickst, indem er zwei Stellen nahm und Halbe-Halbe zusammengeschweißt hat, aber nur Vokabeln aus der ersten Stelle gestreut hat. Das Resultat waren dann an die 100 Fehler bei den Vorbereiteten und die höchste Zahl an Fünfern, die wir je bei einer Schularbeit hatten – natürlich wurde sofort wiederholt und das Ergebnis war dann amikaler. Ob wir da was gelernt haben? Zumindest fürs Leben?"

„Weiß jemand von euch, warum der von der …strasse aus gesehene rechte Eingang jahrelang gesperrt war, so, dass man immer um den ganzen Bunker herumlatschen musste wenn man von oben vom … gekommen ist (was besonders mistig war, wenn man eine Klasse im 2. Stock an der Gegenseite hatte)? Ich vermute eine politische Demonstration nach Entmachtung der …-Partei."

Und warum war der Fluchtweg bei den Zeichensälen praktisch immer zu (außer, dem … hats zu sehr nach Rauch gestunken in der Früh)? Der … hatte offenbar keine Angst, dass die Betonburg mal in Flammen stehen könnte. Mir hätt' das aber jeden morgen mind. 3 min. gebracht, wenn da offen gewesen wäre. Was hätt' ich mir an Diskussionen/Strafen/Klassenbucheintragungen wg. Zuspätkommens erspart."

„Ja, jetzt erinner' ich mich auch. Man löste es dadurch, dass man Verbündete dazu bewegte, Fenster im Sonderklassentrakt zu öffnen … z.B. auch am Häusl …

Da erinnere ich mich, dass wir unserem erlesenen und geliebten (schon wegen der Vorlage zum Abschreiben und der amikalen ich-teile-alles-Mentalität) Klassenbesten im Zeichensaal beim Fenster hereinhelfen mussten um ein zu spät Kommen zu verhindern … und alles nur wegen dem verbohrten versperrten Notausgang!"

In einer solchen Welt soll man sich zurechtfinden?

☙❧

---

13 Wiederum aus den Erinnerungen von C

Da sitzen sie nun wieder *beim Kaffeetrinken* und lachen zuerst einmal und dann reden sie durcheinander, jeder will noch schönere Geschichten aus seiner Schulzeit wissen und wieder einmal baut sich eine Geschichtenwolke auf, die ihresgleichen sucht. Es scheint so, als über die Jahrhunderte hinweg die ewig gleichen Geschichten erzählt werden. Die wichtigen Protagonisten von einst sind die Erzieher von heute und haben vergessen, wie es war, als sie selber Kinder waren. Oder, und das wäre der andere Fall, sie sind immer noch in jeder Hinsicht Kinder und sind bloß an Jahren älter geworden.

Vor Klugheit bläht sich,
zum Platzen der Blöde.
Nun plage dich Neid.
Bestimm in welcher Gestalt
Soll ich jach vor dir stehen?
sagt Alberich zu Loge in Rheingold.

Es geht doch nichts über die klassische Bildung, auch wenn sie wehtut! Und über Dilemmas reden wir nicht! Da könnte ja jeder kommen!
Eine Dame am Tisch, möglicher Weise sogar irgendwie mit den Anderen verwandt, führt mit einer graziösen Gebärde die Kaffeetasse zum Mund und meint: „Die für uns wichtigsten Aspekte der Dinge sind durch ihre Einfachheit und Alltäglichkeit verborgen." (Wittgenstein) Sie hat den Wittgenstein – Tick, weil sie behauptet, sie mit ihm aufgewachsen und auch später noch sehr mit ihm befreundet gewesen. Das lassen aber alle am Tisch Anwesenden auf sich beruhen.
Was bedeutet das für unseren Ring mit den vier Steinen? wird aus der Runde gefragt? Nun, äußert sie, jeder der Steine leuchtet für sich, aber zusammen leuchten sie auch nicht mehr als einer alleine.
Sie erntet heftigen Widerspruch. Der Wittgenstein hatte schon Recht, dass im Einfachen und Alltäglichen das Wichtige verborgen ist. Bei der eben gehörten Erzählung konnte man jedoch erfahren, wie Schüler trotz allem etwas gelernt haben und wie die Lehrer, trotz aller unterschiedlichen Lehrkunst eben dieses Lernen nicht behindern konnten und wie es im Gegenteil manche sogar befördert haben. Das ist eigentlich ein ganz besonderes Juwel und strahlt nicht nur selber, sondern macht selber strahlend und lachend.

Eben, so und nicht anders ist es. Und weil die einfachen und alltäglichen Wahrheiten in der Regel in Märchen versteckt liegen, erzähle ich euch jetzt eines, meint einer der Neffen am Tisch. Es ist: Das Märchen von der hüpfenden Schlafhaube[14]:

Ein König hat drei Söhne und drei Königreiche. Zu ihm kommt ein Händler mit einem seidenen Tuch und meint, dass es kein schöneres auf der Welt gäbe. Der König schickt seine Söhne aus ein solches Tuch zu suchen. Die älteren Brüder verlassen den jüngeren Bruder im Wald. Da kommt eine Schlafhaube angehüpft und hilft dem Jüngsten ein wunderbares Tuch zu finden. Dann verlässt sie den Burschen wieder. Bei der Vorlage der Tücher ist das des Jüngsten am schönsten. Der König schenkt ihm daraufhin ein Königreich. Bald kommt ein zweiter Händler, der einen Ring anbietet. Es passiert dasselbe wie vorher – mit Hilfe der Schlafhaube bringt der Jüngste den schönsten Ring nach Hause und bekommt wieder ein Königreich. Nun bitten die älteren Brüder den Vater um die Stellung einer neuen Aufgabe. Dieser fordert sie auf, die schönste Braut nach Hause zu bringen. Die älteren Brüder reisen toll gekleidet und in den schönsten Kutschen in die Welt. Der Jüngste sucht sein Glück wieder im Wald bei der Schlafhaube. Dort muss er einige Aufgaben erfüllen und unter anderem die Schlafhaube zerschneiden und kochen und aus dem Kessel steigt die „schönste" Braut. Nun soll er auch das dritte Reich erhalten. Er winkt aber ab und schenkt jedem seiner Brüder ein Königreich."

Schon wieder eine Ringgeschichte und dazu noch so schön brüderlich, wobei es natürlich schon hilfreich ist, wenn für drei Söhne drei Königreiche zu erben sind, meint die schon sehr alte Tante. Normaler Weise gibt es bei so was Mord und Totschlag, weil jeder das größte Stück vom Kuchen haben will. Übrigens, kann ich noch ein Stück von dem herrlichen Kuchen haben, der heute ganz besonders gut schmeckt? Die eine Oma, die den Kuchen gebacken hat, wird ganz zart rosa im Gesicht vor Freude über dieses Lob. Was also lernen wir daraus? Nicht immer bringt der Wettbewerb das beste Ergebnis, vier Steine auf einem Ring müssen jeder mit seinem Platz zufrieden geben.

„Was ist dein Ziel in der Philosophie? Der Fliege den Ausweg aus dem Fliegenglas zeigen", wirft nun die Wittgenstein Anhängerin ein.

Ha, meint ein alter Professor mit Stehkragen, der heute auch mit am Tisch sitzt, das ist unter Umständen ein schweres Unterfangen. Nehmen wir nur die

---

14  Hofmann, Frederike: Die hüpfende Schlafhaube. Wien, 2002.

Erzählung vom „Ring des Gyges."[15] Die schlichte Frage des Plato lautet, ob sich Menschen nur deshalb an Gesetze halten, weil sie sich überwacht fühlen könnten oder ob sie es auch Einsicht tun? Diese Frage ist nicht zu beantworten, weder die gleichnamige Dramatisierungen von Hebbel[16] lösen dieses Problem noch weiter aufbereitete Schülerdialoge.[17]

Machen wir doch einfach einmal das Gedankenspiel und beantworten die platonische Frage. Wenn wir sie mit „Ja" bewerten und daher der Einsicht des Menschen den Vorrang geben, dann werden wir erklären müssen, ob sich nur die Einsichtigen an Gesetze halten müssen und im Gegenteil die Uneinsichtigen, eben weil sie nicht einsichtig sind, das gar nicht können. Die Konsequenzen dieser Vorstellungen braucht man nicht weiter auszuführen. Beantworten wir die platonische Frage mit „Nein" und fordern damit Überwachung und den dementsprechenden Zwang, dann bringen wir das Problem von Staaten seit der Antike bis heute auf den Punkt.

Schweigen breitet sich am Tisch aus, gepaart mit einer spürbaren Gleichgültigkeit und wenn man genauer hinschaut, so könnte man den Eindruck gewinnen, als breite sich ein zarter Schleier über der Kaffeetafel aus und als könne man alles gar nicht mehr so deutlich sehen.

Man hört nur mehr die Stimme eines Onkels. Die Stimme ist sichtbar bestrebt, den Nebel über allem zu übertönen und nicht zu einer trüben Novemberstimmung werden zu lassen.

Steine können nicht nur leuchten und blitzen, sie können auch sprechen, behauptet er.

Ja, ja, man kann an Kieselsteinen aus dem Bachbett auch lecken. Nicht schlecht, meint eine mehr jugendliche Stimme.

Wenn aber Steine reden könnten, was würden wir dann erfahren?

Zwischen Stein und Stein ist ja wohl ein Unterschied, nicht wahr? Naturstein, behauener Stein, Ziegelstein oder Sandstein.

So mancher wird beim Betrachten seines Brillantringes sagen, wenn ihr nur erzählen könntet, was ihr alles schon gesehen habt! Es gäbe am Ende keine Geheimnisse mehr, das wäre die Konsequenz!

---

15  PLATON, Politeia 359 b – 360 d; Übersetzung nach Friedrich Schleiermacher
16  Friedrich Hebbel: Gyges und sein Ring, Eine Tragödie in fünf Akten, in: http://gutenberg.spiegel.de/hebbel/gyges/Druckversion_gyges.htm
17  www.hamburger-bildungsserver.de/welcome.phtml?unten=/faecher/philosophie/grundschule/grundschule.html

## 3. Der flüsternde Stein

Auf einer Alm in der Gegend von Bezau[18], auf der Stongerhöhe, gibt es einen Stein, der von weitem wie ein sehr großer Mensch, fast wie ein Riese aussieht.

Wie die Sage berichtet, hat dieser Stein, als er noch ein Mensch war, einen ungeheuren Frevel begangen und ist deswegen versteinert worden. Was das für ein Frevel war, weiß niemand mehr, denn es steht in keiner Chronik.

---

18  Friedl Hofbauer: Sagen aus Vorarlberg, Wien 2000, S. 56f

Auch anderswo sind schon Menschen ihrer Untaten wegen zu Felsen und Steinen geworden, aber die sind stumm. Der Stein auf der Stongerhöhe jedoch flüstert.

Wenn einer hingeht und ihn fragt: „Was hast du denn angestellt?", dann flüstert der Stein: „Nichts!" Und wenn man weiterfragt: „Kann man dich erlösen? Und wie?", dann flüstert der Stein wieder: „Nichts", als hätte er sich nur das eine gemerkt, dass er unschuldig ist und nichts verbrochen hat. Und weil er nichts anderes flüstern kann als: „Nichts", weiß auch niemand, ob und wie man ihn erlösen kann.

Alle heiligen Zeiten kommt ein Männchen an dem Stein vorbei, das hat den Karfunkelstein in der Tasche. Das Männchen stellt sich vor den Stein und sagt zu ihm: „Du könntest schon mehr reden, wenn dir wer einmal die richtigen Fragen stellt!"

Dann springt das Männlein wieder fort. Und das alles geht schon so seit Menschengedenken.

Märchen sagen doch immer die Wahrheit. Wenn man einen blitzenden Diamanten sieht, schön geschliffen und wenn möglich sogar auf einem Ring angebracht, dann interessiert sich jeder nur für das „Feuer" von eben diesem Stein. Man hält den Ring an das Licht, dreht und wendet ihn, hält ihn unter eine Lampe mit starkem elektrischem Licht, um dann mit mehr oder weniger Kennermine ein Urteil abzugeben. Wer käme schon auf die Idee, dass so ein Stein reden könnte? Und dennoch gibt es wohl die Möglichkeit, Steine zum Reden zu bringen, dass sie ihre Geschichte erzählen, dass sie auf richtige Fragen auf einmal Antworten geben können, mit denen niemand je gerechnet hat, oder um mit dem Märchen zu sprechen, ein Diamant könnte mehr sagen als „Nichts"!

Diese „Nichts-Sagerei" bringt die Phantasie um, bewegt sich auf den ewig gleichen Trampelpfaden und erwartet ja eigentlich auch nicht, dass je etwas geschehen könnte, womit man nicht gerechnet hat. Dabei ist diese „Nichts-Sagerei" durchaus wortreich, es werden Gedanken ausgesprochen, Meinungen gegeneinander gesetzt, mit anderen Worten, man redet und streitet und nudelt so lange mit den Worten herum, bis man glaubt, die Welt sei wirklich so, wie man sie gerade mit Worten hin gedrechselt hat.

„Wo die Fuchtel nur regiert, wird alles ausgeführt." So sagt der Schulmeister in der kleinen Oper: „Die beiden Pädagogen", die Mendelssohn Bartholdy im zarten Alter von 12 Jahren geschrieben hat. Das war im Jahr 1821, also mitten im Biedermeier! Auch der 12jährige Komponist hat gemeint, es könne auch anders gehen, aber wer nimmt einen 12jährigen schon ernst? Auch hier wurde nur der junge Komponist als Komponist gelobt und das Stück galt lange Zeit als verschollen. Mehr ist nicht hinzuzufügen und demnach auch nicht dazu zu sagen.

Wenn das alles nur kein großer Irrtum ist?!

Bleibt nur noch ein „ceterum censeo", ich hätte wohl noch was zu sagen, aber mehr als ein Apell an die Nachdenklichkeit kann es nicht sein?

„Wo lernen wir? Wo lernen wir leben und wo lernen wir lernen und wo vergessen, um nicht nur Erlerntes zu leben? Wo lernen wir klug genug sein die Fragen zu meiden, die unsere Liebe nicht einträchtig machen und wo lernen wir ehrlich genug sein trotz unserer Liebe und unserer Liebe zuliebe die Fragen nicht zu meiden? Wo lernen wir uns gegen die Wirklichkeit wehren, die uns um unsere Freiheit betrügen will und wo lernen wir träumen und wach sein für unsere Träume, damit etwas von ihnen unsere Wirklichkeit wird?"

Das hat einmal Erich Fried gemeint, auch so Sätze gegen das Augenscheinliche, gegen das, was wohl auf dem Tisch liegt, gegen das, was sowieso jeder weiß.

Aber wie auch immer, in so einem und in jedem anderen Fall kann ich nur von mir selber und für mich selber sprechen, denn was mir passiert ist, daran wird ja wohl niemand ernsthaft zweifeln?!

### Der fremde Herr[19]

Ich sitze im Kaffeehaus, als ein Herr mit einem Hirtenstock in der Hand den Raum betritt. Das ist befremdlich, denn ein Hirtenstock fällt in jedem Fall auf und so ist es auch hier, alle Augen richten sich auf ihn. Aber der lange Stock mit der kleinen blitzenden Schaufel an der Spitze passt nicht zu dem Herrn, denn der ist sportlich, aber sehr elegant gekleidet, man sieht, das ist keine billige Ware, die er trägt.

Aber dann bleibt der Blick an seinem Gesicht hängen, das mehr als eigenartig anmutet. Es ist ein Menschengesicht, natürlich, was soll es denn sonst sein, aber schaut einem Hund verblüffend ähnlich, kleine Ohren, wie wenn sie kupiert worden wären, eine hervorspringende Kinnpartie und Augen, deren Farbe von einem undefinierbaren Braun ins bernsteinfarbene und honiggelbe zu wechseln scheinen.

Sehr auffallend.

---

19 Überall geht ein Ahnen dem späten Wissen voraus. Alexander von Humboldt

Der Herr kommt ausgerechnet an meinen Tisch und fragt, ob es mir etwas ausmache, wenn er sich zu mir setzt. Mir bleibt die Stimme weg und ich kann also nur mit einer einladenden Geste auf den freien Sessel hinweisen. Er nimmt Platz, lässt aber seinen Hirtenstab nicht los, der jetzt wie eine Standarte neben seinem Sessel steht.

Im Kaffeehaus rennt die ganze Zeit schon ein Hund herum und begutachtet mit seiner Nase die Gäste. Wem er gehört, weiß ich nicht, aber wie der ausschaut, gehört der niemandem und erfreut sich einfach seines Lebens, undefinierbar, wie er ist, man kann ihn nur „Hund" nennen. Er geht zu dem Herrn mit dem Hirtenstock hin und will schnuppern, aber der Herr beginnt zu knurren und dann täuschend echt zu bellen. Der Hund rast davon und die Leute lachen.

Sie werden sich fragen, wo ich so gut bellen gelernt habe, eröffnet der Herr das Gespräch mit mir.

In der Tat, besser bellen könnte nicht einmal ein Hund.

Er lächelt und entblößt dabei inmitten seines vorspringenden Unterkiefers eine Reihe mit blendend weißen Zähnen, wobei die Eckzähne besonders gut entwickelt sind.

Nun, ich bin Lehrer in einer Hundeschule.

Der durchaus bemerkenswerte Herr hat sich also an meinen Tisch gesetzt und sichtlich die Absicht, mit mir im Gespräch zu bleiben. Bevor es aber soweit ist, kommt wieder ein freilaufender Hund vorbei, der dem Herrn am Hosenbein herumschnuppert, was aber auf ziemlichen Unwillen stößt. Der Herr stößt drei kurze Bellgeräusche aus, der Hund lässt Schwanz und Ohren sausen und rennt davon.

Der Herr schaut zu mir herüber und meint: Ich muss mich ein wenig korrigieren, ich bin Leiter einer Hundeschule, das Bellen da eben ist so was wie eine Fingerübung. Im Übrigen, darf ich mich vorstellen? Phillip Emanuel Roche ist mein Name. Angenehm, sage ich und stelle mich auch vor.

Seltsam, denke ich mir, was so manche gesellschaftliche Formen meinen und wie leicht sie von den Lippen kommen. Angenehm, habe ich gesagt, aber ich bin mir alles andere als sicher, ob mir das wirklich angenehm ist. In Wahrheit ist mir dieser Zeitgenosse sogar ein wenig unheimlich.

Wissen Sie, sagt der Herr, als könne er meine Gedanken lesen, ich weiß, dass ich ein wenig befremdlich wirke, ich kann es gewisser Maßen sogar riechen. Aber es ist eben wie alles im Leben, der Beruf färbt ab und plötzlich ist man zum Beispiel nicht mehr nur von Beruf ein Fleischhauer, sondern man benimmt sich wie einer, redet so und bewegt sich auch so. Da ist dann einer so wie sein Beruf und es verwundert niemanden, wenn gesagt wird: Schau, der da ist ein Fleischhauer.

Sie könnten Recht haben, erwidere ich, ein Bankdirektor sieht aus wie ein Bankdirektor und ein Lehrer wie ein Lehrer.

Ich bestelle mir einen Cappuccino, er will eine Melange.

Darf ich Ihnen die Geschichte vom Stesserle erzählen? Eigentlich ist er ein ganz passabler Typ mit zwei geschickten Händen, die alles, aber auch alles reparieren konnten. Er ist freundlich und wird leidenschaftlich, wenn es gilt, eine Maschine wieder zum Leben zu erwecken und zum Laufen zu bringen.

Stesserle kommt vom hochdeutschen Wort: stoßen und meint in diesem Zusammenhang einen, der sich die Hörner immer noch nicht abgestoßen hat und deshalb auch eigentlich nie erwachsen geworden ist.

Wenn er im Wirtshaus vor der Pudel steht, dann passt er gerade dort hin, er kann auf die Pudel schauen und weil er immer mit seinem Freund, einem Lackel von ein Meter neunzig Länge, unterwegs war, fiel er dauernd auf. Na ja.

Er ist ein Original oder vielleicht ist er auch nur das Produkt einer schief gelaufenen Erziehung – aber wer weiß schon so genau, ob diese beiden Sachen nicht eng beieinander liegen?

Er hat sein Leben lang nie das gemacht, was er sollen hat, sagen die Leute. Punkt! Dem ist nichts hinzuzufügen.

Er hat keine Lehre fertig gemacht – und er hat bei Gott nicht wenige angefangen, deshalb hat er nie das gehabt, was man einen ordentlichen Beruf nennt. Er war die zu Fleisch gewordene Herausforderung für seine Umwelt. Dafür war er aber auch nicht verheiratet, obwohl man ihm schon die eine oder andere feste Beziehung nachsagt. Aber was Genaues weiß man nicht.

Aber etwas besitzt er und das hat er sich auch mit viele Fleiß und Liebe hergerichtet, nämlich eine Werkstatt. Da fehlt kein Werkzeug und auch die Computerwelt ist dort schon eingezogen. Ein Spezialist dementsprechend.

Dort repariert er Autos und sonst auch alles.

Das wirft wohl einiges ab?

Auf einem Kärntner See hat er ein eigenes, doch ansehnliches Segelboot. Die Leute nennen ihn auch heute noch nur „Stesserle!"

Seltsam, denke ich, sehr seltsam, sage aber erst einmal eine Zeitlang nichts. Mit der Geschichte kann ich noch nichts anfangen, es sei denn, er will mir sagen, dass bei diesem Menschen die Erziehung danebengegangen ist. Aber wieso eigentlich, frage ich mich, bloß weil er so lebt, wie ihm das gefällt?

Sie sind also Leiter einer Hundeschule, bemerkte ich einfach so nebenbei, um die etwas peinlich werdende Stille zwischen uns beiden zu überbrücken.

Da ahnte ich freilich nicht, dass ich mit dieser hingeworfenen Bemerkung ein Gespräch angefangen hatte, das in Hinkunft fünf Tage und Nächte ohne Unterbrechung dauern sollte.

Ja, war die prompte Antwort von einem, der sichtlich auf diese Frage gewartet hatte. Aber wissen Sie, die meisten Menschen machen sich falsche Vorstellungen von dem, was eine Hundeschule ist. Junge Hunde erziehen ist nämlich eine Kunst und die wissenschaftliche Literatur darüber ist inzwischen unübersehbar, trotz Computer und aller technischen Hilfsmittel. Und weil jeder in seinem Leben mindestens einmal einen Hund gehabt hat oder jemanden kennt, der einen Hund besitzt und ihm von den Sorgen und Nöten mit seinem Hund erzählt, glaubt jeder, dass er von Hundeerziehung was versteht, vielleicht sogar ein Experte ist. Das macht die ganze Sache nicht unbedingt leichter, weil in einer Hundeschule die Hundebesitzer erzogen werden müssen, damit ihre Hunde auch Hund sein können. Also, um es ganz unmissverständlich zu sagen, eine Hundeschule ist nicht zur Erziehung der Hunde da, sondern für die Erziehung von Herrln und Frauerln. Natürlich gibt es immer wieder Hundebesitzer, die glauben, sie können das selber machen, aber am Ergebnis merkt man dann, dass sie's nicht können. Die Hunde werden bissig, können nicht folgen, müssen einen Beißkorb tragen, mit einem Wort, sie sind alles andere als angenehme Zeitgenossen. Also kurz und gut, eine Schule ist immer für die Erwachsenen da, nie für den Nachwuchs.

So habe ich das noch nie gesehen.

Eben, das ist es ja, die meisten Leute haben keine Ahnung. Natürlich gibt es auch Menschen, die ihren eigenen Lebensstil pflegen und ihre Hunde dementsprechend halten, meist große Hunde, Mischlinge, deren Willen man durch eine strikte Erziehung gebrochen hat, die in ihrer Jugend viel Prügel bekommen haben und die sich in späteren Jahren nicht trauen, aufzumucken oder auch nur eine kurze Schnüffelbekanntschaft mit einem anderen Hund zu suchen. Arme Hunde, oft sind sie nicht einmal richtig ernährt. Sie werden ja auch nicht alt, denn Mischlinge gibt es mehr als genug, die vielen öffentlichen und privaten Tieraufbewahrungsanstalten, genannt Tierheime oder auch Tierasyle haben ja mehr als genug davon.

Aber man tut ja dort das Beste für die Hunde.

Haben Sie eine Ahnung. Man schaut, dass man sie so bald als möglich wieder los wird und die anderen werden halt am Leben erhalten, wenn es das Budget erlaubt.

Reden Sie eben eben von Tierheimen oder einem Kinderhort?

So genau kenne ich den Unterschied nicht.

Also, Sie haben eine Hundeschule. Welche Art Hunde kommen denn dorthin?

Ja, das ist schon wieder so was! Die Leute kommen, weil es verlangt wird, denn dann zahlen sie weniger Steuern – das ist der Hauptgrund. In meine Schule kommen viele Mischlinge, sehr liebe und zum Teil auch sehr intelligente Wesen. Rassehunde werden oft von den dazu gehörigen Hundevereinen erzogen, Jagdhunde zum Beispiel, auch Sporthunde oder Rennhunde. Da gibt es viele private Ausbildungsstätten, die in der Regel nicht ganz billig sind. Aber für diese Hunde ist ihren Besitzern nichts zu teuer.

Dann ist das ja ein richtiger Hundeschulmarkt!

Sie sagen es. Obwohl man immer sagt, Konkurrenz würde das Geschäft beleben, ist es bei den Hundeschulen ganz anders, da ist der Markt aufgeteilt. Ganz selten einmal landet ein Rassehund bei mir, und das auch nur deswegen, weil er an seiner bisherigen Ausbildungsstätte nicht die gewünschten Erfolge gezeigt hat. Umgekehrt kann es aber auch geschehen, dass Hunde, die bei mir waren, zu anderen Ausbildungsstätten gebracht werden, weil man ja das dringend benötigte Abschlusszeugnis braucht und die Vermutung besteht, dass dieser junge Hund oder diese junge Hündin es bei mir nicht bekommen wird.

Das ist also ein richtiges Muss-Geschäft?

Das kann man so sagen, wobei ich anmerken möchte, völlig unabhängig davon, ob eine Hundeausbildung umsonst ist oder viel Geld kostet: Wenn die Leute das für ihren Hund brauchen, dann spielt das keine Rolle.

Aber warum kostet das eigentlich so viel Geld?

Das ist ganz einfach: In einer Hundeschule gibt es nicht nur viele unterschiedliche Disziplinen, es gibt dementsprechend auch viele Lehrerinnen und Lehrer, die natürlich auch von was leben müssen.

Wie bitte, viele Lehrer, das habe ich nicht gewusst!

Das ist ja das Besondere an meiner Schule. Ich habe nur Spezialisten ihres Faches eingestellt und das kostet natürlich was. Aber ich bitte Sie um Verständnis, ich habe noch schnell etwas zu erledigen. Wenn es Ihnen Recht ist, möchte ich unser Gespräch fortsetzen und bei Ihnen zuhause vorbeikommen.

Aber Sie wissen ja nicht, wo ich wohne.

Das ist kein Problem für mich, also bis zum Abend.

Er nahm seinen großen Stab, klaubte alle seine Utensilien zusammen und ging grußlos.

Kennen Sie den Herrn, der eben gegangen ist, fragte ich den Ober? Nein, sagte der, aber der Herr hat mir gesagt, Sie würden seinen Kaffee mitbezahlen.

Bringen sie mir bitte einen Cognac.

Am Abend habe ich es mir in meinem Sessel bequem gemacht, ich wollte ein wenig lesen und dann noch ins Fernsehen hineinschauen, ob es da vielleicht etwas Neues gibt. Auf keinen Fall wollte ich Besuch haben und hatte mir deshalb fest vorgenommen, auf das Klingeln an der Tür nicht zu reagieren. Schon gar nicht wollte ich den Herrn Roche sehen, die Erinnerung an ihn war doch sehr zwiespältig und ich war mir sicher, dass ich mich mit ihm nicht weiter auseinandersetzen wollte.

Ich lese also einen Zeitungsartikel mit dem Titel:

### Nur ein bisschen Glück

Vielleicht geht es vielen Menschen so wie einem Jahr mit den Jahreszeiten: Der Wechsel und die Veränderung ist das Entscheidende, aber auch die Gewissheit, dass bekanntes sich wieder ereignen wird. Frühling und Sommer als Sinnbild für das Entstehen und Werden, das Symbol für Leben und Lebensfreude. Mir ist heute jedoch der Herbst und der Winter wichtig, als Zeiten der sanften Nachdenklichkeiten und nicht selten auch des Fragens nach dem, was eigentlich geblieben ist und was bleiben soll.

Der goldene Herbst als Zeit der Ernte, der letzten schönen und warmen Tage, die Freude darüber, dass so manches gelungen ist, wozu man selber beigetragen hat und auch als Möglichkeit der Aha-Erlebnisse, dass da manches geworden ist, wozu man nichts beigetragen hat und was dennoch schön und ansehnlich geworden ist.

Nur ein bisschen Glück als Herbstgefühl, das könnte schon ganz gut sein. Es braucht ja nicht viel sein, aber es muss wesentlich und wichtig werden. Die Erkenntnis vielleicht, die mit dem Älter-werden zusammenhängt, wo es da und dort zu zwacken anfängt, wo man aber durch nichts und niemanden gezwungen wird, sogleich sich selber an das Ende der Reihe zu stellen. Nun gut, man sieht vielleicht nicht mehr so ausgezeichnet – aber wozu gibt es Brillen? Auch gut – man beginnt, nicht mehr ganz so gut zu hören, aber erstens ist das im letzten Jahr nicht ganz so weitergegangen wie im Jahr zuvor und außerdem gibt es ja schließlich Hörhilfen – Eitelkeiten hin oder her. Und schließlich wachsen die dritten Zähne auch dauernd nach, aber man kann ja ganz gut damit zurechtkommen. Alles in allem: ein bisschen Glück!

Natürlich können auch schwerere Gedanken aufsteigen, die nicht immer so leicht auszuhalten sind: Bin ich mit mir zufrieden, mit meinem Leben, mit meinem Aussehen oder möchte ich jemand ganz anderer sein? Einmal in eine andere Haut schlüpfen und dann entdecken, wie alle meine Freunde und Bekannten damit umgehen können. Da könnte dann aus dem bisschen Glück schon einmal auch ein großer Triumpf werden! Da würde dann der Spiegel eine andere Sprache sprechen und das veränderte Ich dann auch ganz anders hineinschauen. Es ist eben doch so, dass Innen und Aussen miteinander zusammenhängen und (vielleicht leider) ebenso deutlich, dass in unserer schnelllebigen Zeit meistens nur aus das „Aussen" geachtet wird, und das in der Regel auch noch äußerst flüchtig. Mit ein bisschen Glück kann ich daran vielleicht etwas ändern, wenn ich auch ich etwas anders mache.

Ja, und da sind dann da noch die vielen Gedanken, die so im Kopf herumgehen. Gedanken vom Frühling und Sommer, die Gedanken der Erinnerung und des sich-Erinnerns. Hinzu kommen dann die echten Wintergedanken, die kalten, schweren, frostigen, die manchmal nur schwer auszuhalten sind. Und weil es damit noch nicht genug ist, muss man sich auch noch die alltäglichen Gedanken machen, denn schließlich will das alles ja auch erledigt werden und dann möchte man ja auch nichts vergessen! Da kann man sich eigentlich gar nicht darüber wundern, wenn man manches einfach vergisst, was einem dann erst viel später wieder einfällt, dass man vielleicht manchen Weg doppelt machen muss, weil der Grund für diesen Weg einfach „weg" war, vergessen. Dabei ist das Vergessen doch das beste, was einem passieren kann, man braucht nicht dauernd mit einem schweren Kopf herumrennen. Und wenn's einem dann später wieder einfällt – um so besser! und wenn nicht – dreht sich deswegen die Erde weniger schnell? Dabei ist es mit den Gedanken wie mit den Zähnen: Was uns heute ausfällt, fällt uns morgen wieder ein! Für das „Einfallen" der Zähne gibt es ja schließlich die Zahnärzte, die davon, wie man hört, nicht schlecht leben. Denn gegen die Vergesslichkeit kann man ja auch etwas tun und nicht einfach nur aufgeben. Da sei nur an die Geschichte von den zwei Fröschen erinnert, die in den Milchkrug gefallen sind. Der eine hat gemeint, es hilft nichts und ist untergegangen. Der andere hat gestrampelt und ist am nächsten Morgen auf einem Butterberg gesessen.

Ein bisschen Glück? Manchmal kann dieses bisschen doch ganz schön viel sein, wer will denn da immer mit der Waagschale daneben stehen und messen?

Eine schwere Kost so ein Artikel.

Wie ich dann vom Lesen einmal aufschaue, sitzt mir Herr Roche in dem Sessel gegenüber.

Ich habe gewusst, dass Sie mir nicht öffnen würden und ich weiß auch, dass sie nicht mit mir sprechen wollen. Aber das ist nur Ihre Sicht der Dinge, ich will mit Ihnen weiter reden, denn da gibt es noch eine Menge zu besprechen.

Wie sind Sie hereingekommen?

Auch diese Frage habe ich erwartet und ich darf Sie insofern beruhigen, dass ich keine Schlösser geöffnet und schon gar nicht aufgebrochen habe. Ich bin durch die Wand gekommen.

Durch die Wand?

Ja, durch die Wand. Ich sehe, Sie glauben mir nicht. Dann schauen Sie einmal ganz genau auf die Wand zwischen den beiden Bildern.

Er war wieder weg, wie er gekommen war. Ich hatte nur den Eindruck, dass ich an der von ihm bezeichneten Stelle so etwas wie einen Schatten gesehen hätte, aber da konnte ich mich natürlich täuschen, denn ich hatte ja nur die Leselampe eingeschaltet. Dann habe ich an der bezeichneten Stelle wieder so etwas wie einen Schatten gesehen und Herr Roche saß wieder neben mir. Ich war fassungslos.

Verstehen Sie jetzt?

Nein, ich verstehe gar nichts mehr, aber ich muss es wohl glauben, denn Sie sitzen wieder in meinem Sessel und Sie haben sogar Ihren Hirtenstab nicht vergessen. Wie Sie das machen und wie das geht, das verstehe ich nicht. Ich muss wohl glauben, dass ich nicht träume und dass man durch Wände gehen kann.

Sehr gut, sehr gut, da haben Sie schon einen Riesenschritt getan. Wo immer ich in der Vergangenheit durch die Wand auf Besuch gekommen bin, habe ich heftige Reaktionen erlebt, Schreien, Fluchen, Werfen mit allen möglichen Gegenständen. Das letztere war immer besonders unangenehm, wenn es sich um Cognac- oder Weinflaschen gehandelt hat, die sind dann meistens an meinem Stab zerbrochen und ich wurde mit Cognac oder Wein bespritzt. Da war dann meistens mein Anzug verdorben und ich musste ihn anschließend wegwerfen, weil sich so was nicht reinigen lässt. An ein Gespräch war dann natürlich auch nicht zu denken, die meisten Leute haben mein Erscheinen für einen Albtraum gehalten und nicht selten danach ärztliche Hilfe aufgesucht.

Sie sind kein Albtraum?

Nein. Und deswegen will ich Ihnen aus meinem Metier gleich eine Geschichte erzählen:

„In den Tagen, als alle glücklich anfingen, lebte der Leopard in einer Gegend[20], die „das Hohe Veldt" genannt wurde, wo es Sand gab und sandfarbene Felsen. Da lebten die Giraffe und das Zebra und sie waren vollständig

---

20 „Dschungelbuch"-Autor Rudyard Kipling, in seiner Erzählung „How the leopard gets its spots" (1902)

über und über sandgelb-bräunlich; aber der Leopard, der war der vollständig sandgelb-bräunlichste von allen – eine Art grau-gelblich katzenförmiges Tier, das aufs Haar zu der Farbe des Hohen Veldts passte."

Das war natürlich schlecht für Giraffe und Zebra, denn der gut getarnte Leopard hatte bei der Jagd leichtes Spiel. Und so wanderten die beiden Arten in bewaldetes Gebiet aus. Kipling bot in seinem Essay auch eine Erklärung an, warum Zebra und Giraffe heute ganz anders aussehen als damals: Die „flimmernd-flackernden Schatten der Bäume, die auf sie fielen, [machten] die Giraffe fleckig und das Zebra streifig." Der Leopard tut es den beiden im Fortlauf der Geschichte gleich, wandert aus und bekommt ebenfalls Flecken, um sich seiner Umgebung anzupassen.

Darf ich Ihnen etwas zu trinken anbieten?

Ja bitte, Wasser. Wenn ich durch die Wände gehe, bin ich hinterher immer sehr durstig. Abgesehen davon trinke ich auch sonst nur Wasser.

Ich gehe also in die Küche und versuche dabei, meine Fassung wenigstens ein wenig wieder zu gewinnen. Ich bringe den Wasserkrug mit zwei Gläsern herein.

Bitte, sage ich und schenke ein.

Danke, sagt er und trinkt.

Was wollten Sie mir mit Ihrer Geschichte sagen?

Dann entsteht eine lange Pause.

Sie sind also Leiter einer Hundeschule?

Sie wiederholen sich, mein Freund. Aber mein Beruf ist, wie Sie richtig ahnen, auch meine Berufung, meine Passion, meine Leidenschaft, wie immer Sie das ausdrücken wollen. Ich verstehe viel davon, sehr viel sogar und das wollen manche Leute nicht wissen, weil sie sich dann sofort belehrt fühlen. Es gibt jedoch in einer Hundeschule viele Lehrer, denn junge Hunde können nur durch eine Ansammlung unterschiedlicher Lehrer wirklich gezähmt werden!

Was Sie nicht sagen.

Also, die Leoparden konnten ja wirklich nur überleben, weil sie sich angepasst haben. Wenn sie das nicht gemacht hätten, dann würde es sie nicht mehr geben. Solche Typen wie der Stesserle hätten ja in Wahrheit keine Chance, die müssten untergehen.

Was Sie da sagen ist schon schlimm, wenn man das zu Ende denkt und dann auch noch gefährlich. Der Stesserle ist schließlich ein Mensch.

Ja, ein besonderes Tier auf zwei Beinen.

Ich möchte an dieser Stelle das Gespräch beenden. Lassen Sie mich bitte alleine.

Seien Sie doch nicht so empfindlich. Ich kann ja erklären, wie ich das meine.
Solche Erklärungen interessieren mich nicht.
Also, da gibt es zum Beispiel den Pavian, der ist bei mir der Biologielehrer und der ist für diesen Job wie geboren. Er sieht exotisch aus und lässt jeden sofort danach fragen, welches Spiel der Natur einen solchen Affen hervorgebracht hat. Er braucht also im Grunde nur von sich selber erzählen, das genügt schon. Er selber findet nur manchmal die Leistungen der jungen Hunde etwas kümmerlich, weil sie nicht einmal nacherzählen können, was er ihnen vorsagt. Und weil er ihnen das sagt, was sie da bieten, sei kümmerlich, haben sie ihm den Spitznamen „Kümmerling" gegeben. Er ist ziemlich gutmütig, aber wenn einer „Kümmerling" ruft, dann rastet er aus. Sein Hintern wird rot und er schreit in den höchsten Tönen, außerdem fletscht er die Zähne, was in der letzten Zeit nicht mehr so gut kommt, weil er ein Gebiss trägt. Aber in Biologie ist er unersetzlich.
Ein Pavian als Biologielehrer ist wirklich unersetzlich!
Machen Sie sich nicht lustig über mich. Sie können meine Hundeschule jeder Zeit besichtigen. Hiermit sind Sie eingeladen.
Na schön. Gestern Abend war ich im Burgtheater bei einer Vorstellung, in der ein berühmter Schauspieler den Cyrano von Bergerac zu einem Zeitgenossen dieser Tage machte, der unserer Zeit den Spiegel vorhielt. Auf der Herrentoilette sprach mich in der Pause ein weißhaariger Herr mit Schweizer Akzent an, um mit mir über die derzeitige Politik zu diskutieren. Warum ausgerechnet dort, weiß ich nicht. Ich hatte diesen Herrn vorher nie gesehen, vielleicht treffe ich ihn auch nie wieder, aber es war ein gutes, vor allen Dingen ein offenes Gespräch, das wir dann vor der Toilettentür bis zum Ende der Pause fortgesetzt haben. Ich weiß nicht, ob es das Spiel auf der Bühne war, das wie ein Funke übergesprungen ist, ich weiß nur, dass in letzter Zeit Menschen ihr Schweigen aufgegeben haben und zu reden anfangen, über sich, ihre Ängste und Hoffnungen, über Zukunft und Vergangenheit. Und ich erlebe, dass jeder auf einmal Gesprächspartner sein kann und zu einem solchen gemacht wird, einfach nur so und dennoch mit aller Verbindlichkeit und mit dem Anspruch, dass er zuhört und auch wie ein Mensch reagiert. Höfliches, zurückhaltendes Schweigen und den anderen reden lassen: diese Haltung scheint im Augenblick vorbei zu sein. Man muss Farbe bekennen, wie man so sagt. Das ist etwas ganz anderes als die rigide Pädagogik, der Sie da wohl das Wort reden.

Mein später Gast, den ich nicht hereingebeten habe, der mir aber doch gegenüber sitzt, weil er durch die Wand gekommen ist, nickt heftig.

Sie haben den Nagel auf den Kopf getroffen, man muss wie ein Mensch reagieren! meint mein Besucher, und nimmt mir damit den Wind aus den Segeln.

Ich stelle also fest, es gibt Toilettengespräche und Gespräche mit solchen Personen, die durch die Wand kommen!

Sie müssen nun nicht glauben, dass in meiner Hundeschule nur Tiere beschäftigt sind, etwa nach dem System: Tiere sollen einander erziehen und besondere Tiere sollen junge Hunde trainieren und dressieren, nein, in meiner Hundeschule gibt es auch einen Menschen.

Wenn es dort nur einen Menschen gibt, wer sind dann Sie?

Der einzige Mensch oder der Mensch an sich, wie vielleicht andere formulieren möchten, ist Herr Eineck und er ist für Mathematik zuständig. Er macht auch ein bisschen Physik manchmal, von Chemie vermittelt er Anfangsgründe, mehr kann er nicht. Wissen sie, meine Klientel hat es nicht so mit den exakten Wissenschaften und deshalb lassen sie das über sich ergehen, aber Wissen, nein wissen tun sie in diesem Fach nichts. Das hängt sicherlich auch damit zusammen, dass der Name „Eineck" auf eine mathematische Unmöglichkeit hinweist oder, wenn man sehr nachsichtig ist oder sehr viel weiß – was unter dem Strich das Gleiche ist – dann kann man ja zugeben, dass auf dem weiten Feld des Faches auch ein Eineck zu finden ist. Er unterrichtet sehr eindrücklich und überhaupt nicht nachhaltig, das Wissen seiner Schülerinnen und Schüler bewegt sich in den Einerzahlen. Kommt er zu einem Zehnersprung oder höheren Zahlen, dann nimmt er eine Maschine zu Hilfe, was dann alle sehr freut, weil er eine ganze Stunde braucht, um zu einem Ergebnis zu kommen, was seine Schüler mit Hilfe des Kopfrechnens in drei Minuten herausbekommen haben. So gesehen sind seine Stunden kurzweilig, er hat noch nie etwas falsches unterrichtet, aber es braucht halt alles seine Zeit.

Einen Menschen unter lauter Tieren in einer Hundeschule – wenn das keine böse Absicht ist?

Ja, sonst nur Tiere und als Hilfe zur Erziehung alte Hunde. Aber noch ein Wort mehr, dass Herr Eineck hier die Mathematik vertritt. Ich habe sie zwar an erster Stelle genannt, die Mathematik, aber sie ist keineswegs für meine Schule die Leitwissenschaft, ganz im Gegenteil. Ich halte mich da voll und ganz an Plato, der auch nichts von ihr gehalten hat. Bei ihm ist ja die Logik nur als ein Teil der Rhetorik vorgekommen, weil man sich in Athen als freier und aristokratischer Bürger selber vor Gericht verantworten musste – die

Athener waren reine Prozesshanseln. Was an der Mathematik mit Händen zu greifen ist, zum Beispiel das Zählen, das hat er nicht einmal ignoriert, Euklid zum Beispiel hatte für das Rechnen nur Verachtung übrig. Aber genau das soll halt der Herr Eineck machen, weil: Junge Hunde müssen nicht mehr können.

Ich sehe schon, Sie können nicht nur durch Wände gehen, sondern sie haben auch eine Ahnung von den alten Griechen, beachtlich. Aber insgesamt ist das schon eine ganz abenteuerliche Sicht der Dinge.

Wie glauben denn Sie, dass man heutzutage eine Schule leiten kann?

Mit der Peitsche? Zumindest bin ich beeindruckt. Diese im Grunde engen Beziehungen zwischen Mensch und Tier und Wissen über Plato und Schule war mir gar nicht so bewusst. Aber Sie haben Recht, man müsste eigentlich nur genau hinschauen, die Sachen sind ja sichtbar und liegen auf der Hand. Mir fällt da die Hasenstrasse in Tulln ein. Das ist jetzt meine Geschichte.

Also erstens gibt es diese Strasse dort wirklich. Zweitens ist sie nicht nach einem Herrn oder einer Frau „Hasen" benannt. Vielmehr muss man doch davon ausgehen, dass sie nach den gleichnamigen Vierbeinern benannt wurde. Und weil Tulln sich zwar Stadt nennt, aber dennoch Land und wegen seiner Krautbauern berühmt ist und weil es aus diesem Grund nicht Landeshauptstadt von Niederösterreich geworden ist, muss man schließlich einsehen, dass vor wahrscheinlich nicht allzu langer Zeit hier jene Gegend war, in der Hasen hausten. Dass dann hier Fuchs und Hase einander gute Nacht sagten, davon darf man wohl ausgehen. Freilich wird man mit einer gewissen Ungenauigkeit in der Begrifflichkeit auch rechnen müssen, denn es ist zu bezweifeln, ob es sich wirklich um Hasen und nicht viel eher um Karnickel gehandelt hat.

Meine jungen Hunde wüssten das sofort, unterbricht er.

Die Hasenstrasse ist an einem sonnigen Frühlingsmorgen prächtig anzuschauen. Es liegen keine Papierln auf der Strasse, alles ist sauber gekehrt und man sieht keine öffentlichen Papierkörbe. Gesäumt wird die Strasse von rosa blühenden Bäumen, wobei diese Blüten wie Wattebäusche aussehen. Ich habe mir sagen lassen, es handle sich bei diesen Bäumen um eine japanische Kirsche. Wie auch immer, gesetzt wurden diese Bäume von der Stadtgemeinde Tull unter der Führung des Herrn Bürgermeisters, der nicht nur ein ansehnliches Bekleidungshaus am Hauptplatz, sondern auch ein zu mietendes Ausflugsschiff auf der Donau sein eigen nennt.

Erzählen Sie mir nichts von der Menschengesellschaft, das ist mir die Beißordnung unter meinen jungen Hunden lieber!

Sie müssen wirklich ein Direktor sein, denn Sie wollen immer das letzte Wort haben. Aber zurück zur Hasenstrasse. Hinter schön gepflegten Vorgärten, die zur Strasse hin mit ebenso schönen Zäunen abgegrenzt sind, befinden sich hübsch anzuschauende Häuser – alle im Stil der „Blauen Lagune", mit Erkern, Türmchen und pompösen Eingängen. Es sagt ja der Engländer so richtig: My home is my castle. Hier stehen also lauter Kastl nebeneinander, von prächtig bis ganz prächtig und geben auf diese Weise Auskunft über die Finanzkraft der jeweiligen Bewohner. Häuser im alten Stil der Tullnerfeld – Häuser, eingeschossig und langezogen, sieht man hier keine.

Alle Häuser und, wenn sie daneben oder davor gebaut sind, alle Garagen sind (gut) verschlossen und man sieht keine Menschenseele.

Karnickel lebten früher in Erdlöchern und wenn man sie jagen wollte, dann musste man abends kommen, wenn die Hasen die Löcher verlassen haben, um nach Futter zu suchen. Es steht zu vermuten, dass diese Tradition auf die Menschen abgefärbt hat.

Ihre Geschichte mag zwar gut beobachtet sein, aber der Hinweis auf die Hasen- oder Menschenjagd ist doch sehr daneben. Ich muss also wieder von vorne anfangen und ihnen was anderes erzählen. Es ist die Geschichte von der Sanduhr.

Heutzutage muss man ja den Kindern schon erklären, was eine Sanduhr ist, viele können sich darunter kaum etwas vorstellen. Und auch die Zeiten, wo man eine Sanduhr zum Eierkochen verwendet hat, gehören eher in den Bereich der nostalgischen Küchen. Dabei waren die Sanduhren einmal ziemlich genaue Zeitmesser, hergestellt nach uraltem Wissen und mit der notwendigen handwerklichen Fähigkeit. Da war einmal die Beschaffenheit des Gehäuses wichtig, denn es musste von vornherein bestimmt werden, welche Zeit die Sanduhr eigentlich messen sollte: Minuten, Stunden, Tage, die Zeitdauer von ganz bestimmten Verrichtungen, wie z.B. die schon erwähnte Eieruhr oder das Stundenglas, das in alten Darstellungen auch immer wieder auftaucht. Darauf musste dann der Sand abgestimmt werden, feinkörnig oder etwas grobkörniger, je nachdem. Und wenn man dann die Sanduhr einmal in Gang gesetzt hatte, dann konnte man dem Rinnen des Sandes zuschauen und daran ermessen, wie die Zeit verrinnt. Und wenn dann der Sand durchgelaufen war, konnte man die Sanduhr wieder herumdrehen und es begann alles wieder von vorne.

Die Sanduhr ist das Beispiel für das Vergehen der Zeit, das Vorübergehen von Leben und den damit verbundenen Ereignissen. Wenn die Sanduhr einmal in Gang gesetzt ist, dann muss sie ihrer Bestimmung entsprechend bis zu dem vorbestimmten Ende den Sand von der oberen in die untere Hälfte durchrinnen lassen. Man kann diesen Fluss der Zeit nicht stoppen, es sei denn, man greift gewaltsam ein und dreht die Sanduhr um, aber dann gerät sie aus der Ordnung, man weiß nicht mehr, was und wie viel sie misst, sie funktioniert zwar, aber ohne Sinn und Ziel, nur zum Zuschauen, zum Spiel oder zur Belustigung.

Die Sanduhr ist das Beispiel für das Leben. Es gibt Abschnitte im Leben, die müssen bis zum Ende, manchmal zum bitteren Ende, durchgehalten und ausgehalten werden. Erst wenn das letzte Sandkorn durch die ganz schmale Öffnung gerieselt ist, dann kann man – und dann erst ist es sinnvoll! – die Uhr herumdrehen und wieder von vorne anfangen.

Ich war schon ein wenig müde und wollte eigentlich das Gespräch beenden und warf deshalb, die gewiss nicht originelle Frage ein, was er mir denn erzählen wolle, das wisse man ja schon lange.

Nein, das weiß man eben nicht. Das ist so ganz anders als unser heutiges Zeitgefühl, wo wir denken, wir können in fast alles eingreifen, herumdrehen, also im Griff haben. Das wäre zwar möglich und vielleicht auch denkbar, wie uns so manche Zeitgenossen weismachen wollen, aber für den Verlauf des menschlichen Lebens stimmt es eben nicht. Da muss man zuerst einmal aus dem Vollen schöpfen und dann auch akzeptieren und zusehen, wie das Volle immer weniger und weniger wird und dann vielleicht gar nichts mehr da ist. Da wird die Sanduhr dann zum Beispiel für die Gesundheit, aber eben gerade nicht zum Beispiel für die Hoffnungslosigkeit, sondern für das Wissen, dass es irgendwann – und das kann man in der Regel nicht von vornherein bestimmen – einmal den Punkt geben wird, wo man die Uhr umdrehen kann und die Möglichkeit eines neuen Anfangs da ist. Das belastende ist nur die Zeit dazwischen, wo man sich die eigene Machtlosigkeit eingestehen muss und im Grunde nur zuschauen kann, ohne etwas verändern zu können.

Die Sanduhr ist das Beispiel für die Hoffnung, dass es einen Neuanfang gibt; sie ist das Beispiel für die Hoffnung, dass es in allem und durch alles doch einen Sinn gibt – allerdings nach einem Zeitmaß, das wir nicht bestimmen können. Da wird der Leopard in einer langen Zeit an die neuen Lebensumstände angepasst und lebt weiter.

Sehr schön haben Sie das gesagt, nur so viele Zeit hat keine Schule der Welt, nicht einmal Ihre Hundeschule.

Ich merke schon, sie sind hartnäckig und Sie wollen sich vor allen Dingen nicht belehren lassen. Ich probiere es noch einmal mit einem Märchen.

Und wie geht's weiter? heißt sein Titel.

Ein Zigeunermärchen erzählt davon, dass ein junger Mann seine Eltern und seine Braut verliert und auf einmal ganz allein auf der Erde ist. Eine alte Frau jedoch führt ihn in die Unterwelt und gibt ihm einen Krug Milch mit, von dem er den Menschen, die liebt, zu trinken geben soll. Nach langer Wanderung findet er seinen Vater und seine Mutter, er gibt jedem von seiner Milch, beide aber sagen das gleiche, dass sie nämlich jetzt endlich in Frieden ruhen könnten. Als seine Braut die Milch trinkt, erwacht sie wieder zum Leben, sie finden auch den Weg in die Oberwelt wieder zurück und leben dort noch lange und glücklich miteinander.

Also da erzähle ich Ihnen auch noch eine Geschichte, die ist wirklich so. Ein junges Paar hat einen Hund. Der ist ganz lieb und schmust gerne, aber auf der Strasse trägt er einen Polizeibeißkorb, denn er beißt ganz schnell zu und hat schon so manche Kellnerin zerfleischt. Zuhause wird er nur hysterisch, wenn aus dem Toaster das frisch getoastete Brot herausspringt, dann fürchtet er sich über alle Maßen. Was geschieht nun? Sie bekommen einen Toaster geschenkt, der beim Auswerfen des Brotes keinerlei Geräusche von sich gibt! Na, ist das nicht eine Hundeliebe?

Mein Gegenüber knirscht mit den Zähnen.

Irgendwann muss ich eingeschlafen sein und als ich wieder zu mir kam, war mein Besucher fort und ich konnte mich endlich in meinem Bett ausstrecken.

Was ich aber nicht wusste, dass ich noch weitere vier ähnlich anstrengende Nächte vor mir haben sollte. Mein Besucher versuchte immer wieder, mir seine schwarze Pädagogik plausibel zu machen und ich konnte nichts anderes tun, als ihm meine Meinung dagegen zu halten. So ein Hund!

Er erschien jedes Mal durch die Wand, als sei es das Natürlichste der Welt, durch Wände zu gehen, setzte sich hin, funkelte mich mit seinen Augen an, bis ich ihm eine Krug Wasser gebracht hatte.

Und so kam denn endlich, wie ich später wissen sollte, die fünfte, die entscheidende Nacht. Ich selber konnte nicht mehr sagen, ob ich schlafe oder wache, es war alles so unwirklich und doch wahr, genau so, wie er mir gegenüber saß und seinen Krug Wasser in einem Zug austrank. Eines aber wusste ich, ich wollte endlich das Gesetz des Handelns an mich reißen und fragte ihn deshalb, ob ich ihm ein Erlebnis aus dem letzten Urlaub erzählen dürfe. Darauf ist er hereingefallen und deswegen habe ich losgelegt.

## Der Nikolaus macht Urlaub, fing ich meine Geschichte an

Es war im Mai in Oberitalien, wir machten Urlaub auf einem Bauernhof. Es war nicht nur einfach so ein Bauernhof, obwohl es dort Hühner und Pferde und auch Schweine gab, es war ein Betrieb, wo Prosecco produziert wurde; meiner Meinung nach der beste Prosecco der ganzen Gegend.

Unterhalb dieses Hofes gab es einen weiteren derartigen Hof, bei dem an einigen Abenden der Woche Prosecco ausgeschenkt und dazu die typischen italienischen Antipasti geboten wurden. Der erste von mehren denkwürdigen Abenden war legendär, ein Lokal, das früher einmal vermutlich ein Stall gewesen war. Und weil der erste Eindruck immer der entscheidende ist, so war es auch hier: Ohne irgend welcherlei Veränderungen könnte man dort sofort Carmen im Schmugglernest filmen, eine Kaschemme besonderer Art. Auch der Wirt entsprach voll und ganz diesem Eindruck, groß und vierschrötig, wortkarg und immer irgendwie leicht beleidigt, wenn er einem einen Liter Prosecco im Krug auf den Tisch knallte. Seine Frau war nicht minder wortkarg und inszenierungskonform und ließ sich nur mühsam überreden, ein paar Spaghetti zu liefern, für die diese Kneipe im übrigen bekannt war.

Wir kamen am späten Nachmittag dort hin und da waren die Gäste gutbürgerliche Pensionisten, die um wohlfeiles Geld ein frühes Abendessen mit Prosecco zu sich nahmen. Wir blieben und etwas später kamen drei Ehepaare, die recht nett waren und uns gleich adoptierten. Spätestens alle Viertelstunde stimmten sie einen italienischen Kanon an, ich übersetze gleich: „Wasser macht uns krank, usw.", dazu musste man die Gläser heben und auf Ex trinken – da ging einiges weg und dem Wirt entschlüpfte sogar hie und da ein Lächeln. Es wurde ein feuchter Abend. Zu etwas späterer Stunde kamen dann einige muskulöse Herren mit eng anliegenden T-Shirts und ebensolchen Beinkleidern, wo man bei näherem Hinsehen an den Seiten wohlverwahrte Messer erblicken konnte. Sie brachten vier gertenschlanke, hervorragend gekleidete und geschmückte Afrikanerinnen sowie weitere resolute Damen mit, von denen ich zumindest eine zu kennen meinte.

Damit war die Carmen Inszenierung perfekt, wir aber waren nicht mehr lange dort.

Der folgende Abend war warm und lau und man konnte draußen sitzen. Zu uns gesellten sich zwei Familien mit Kindern aus Dingsda. Wir haben uns unterhalten, als plötzlich die sechsjährige Julia zu mir meinte:

Du hast eine Stimme wie der Nikolaus.

Nach einer kurzen Schrecksekunde habe ich geantwortet: Ja, du hast Recht, ich bin der Nikolaus.

Darauf war Julia baff, aber nicht lange: Und wo hast du deine Rentiere?

Ich habe einen Enkel, der heißt Nikolaus und der lebt in Finnland und der passt inzwischen auf die Rentiere auf.

Aha.

Ja, und am Nikolaustag bin ich mit ihnen dann im Schlitten unterwegs. Voriges Jahr war viel Schnee und ich musste zu Kindern, die auf einem Berg in einem total verschneiten Haus wohnten. Und da ist der Schlitten steckengeblieben und mein Rudi, das Leitrentier, war ganz böse und hat eine rote Nase bekommen und mit nur noch geblinkt. Ich musste zu Fuß weiter und die Kinder in dem Haus haben bis zum Schlafengehen die rote Nase von Rudi blinken gesehen.

Aha, aber wie machst du das mit den Geschenken, du musst ja zu vielen Kindern und so viele Geschenke passen ja gar nicht auf einen Schlitten?

Ach das ist gar nicht so schwer heutzutage, da gibt es die Fluglinie des Nikolaus, international Santa Claus genannt, da bringen viele Flugzeuge die Geschenke mit.

Aber wenn die Kinder nicht brav gewesen sind, kriegen die dann auch Geschenke?

Es gibt nur brave Kinder!

Dann bist du wirklich der Nikolaus!

Am nächsten Morgen ist meine Frau mit dem Hund spazieren gegangen und als der Hund sein Geschäft gemacht hat und meine Frau das in dem hierzulande und dementsprechend auch dortzulande berühmten Sackerl entsorgt hat, da kam die erstaunte Frage von Julia:

Warum musst du als die Frau vom Nikolaus denn so was machen?

Beim Abschied hat die Mutter von Julia gemeint: Das wird im Kindergarten in Dingsda spannend werden. Was werden die machen, wenn sie hören, dass unsere Julia den Nikolaus mit Frau und Hund auf Urlaub in Italien gesehen hat?

Mein Besucher funkelte mich an und fletschte ziemlich wütend seine Zähne. Aber er wusste genau so wie ich, mit dieser Geschichte war ihm das Maul gestopft.

Nach einer Zeit des Schweigens hat er aber dann doch gesagt, er müsse mir zumindest seinen Lehrkörper vorstellen. Dieser sei nämlich ebenso außerordentlich wie berühmt.

Die Giraffe sei sein Deutsch- und Sprachlehrer. Weil er aber den Kopf so weit oben habe, könnten ihn seine Hunde nicht verstehen. Da sei aber nicht weiter schlimm, denn bellen hätten sie von Natur aus gelernt und das Bellen sei auf der ganzen Welt gleich, das sei die Muttersprache aller Hunde.

Die von ihm eigens ausgesuchte Eselin unterrichte Englisch und Spanisch. Das sei deswegen so effizient, weil die Hundeschüler durch ihre Aussprache sogleich die Ähnlichkeiten der Sprachen begreifen würden und es daher nie Probleme gebe.

Weiters habe er ein besonderes Exemplar eines Porcus singularis, der für die Fächer Ethik und Religionen zuständig sei. Der wisse sehr viel und könne auch sehr gut unterrichten und weil er so gemütlich aussehe, würden ihn die Hundeschüler auch lieben.

Einen Marabu habe er für den Französischunterricht, denn dazu brauche man einen Weisen, der bei dieser Sprache auch philosophisch noch was draufhaben müsse. Über seinen Unterricht habe er noch nie Klagen gehört.

Ein Kakadu sei für das Fach Geschichte zuständig, ein Känguru mit seinen vielfältigen Talenten unterrichte Turnen. Auch Musik werde geboten, das mache ein Zebra.

Der Uhu werde dringend als Verwaltungsdirektor gebraucht, weil er so schön den Kopf drehen könne.

Im Laufe der Aufzählung musste ich mir große Mühe geben, nicht laut herauszuplatzen, denn ich fand das alles äußerst komisch. Aber jetzt konnte ich mich nicht mehr halten und musste laut und herzlich lachen.

Das ist ja wie in der Menschenschule!

Da ging an meinem Besucher eine erschreckende Veränderung vor: Er fletschte die Zähne, die Beine sahen aus, als würde er sich für einen Sprung sammeln und seine Hände fuhren wir Krallen aus seinen Manschetten heraus.

Lassen Sie das bitte bleiben.

Er normalisierte sich zusehends und wurde in seinem Anzug sogar noch kleiner als er je gewesen war. Mit schwacher Stimme bat er um Wasser.

Ach was, Sie werden mir doch meine Heiterkeit nicht krumm nehmen. Ich erzähle Ihnen einfach, was ich am Wochenende mache.

Einen Samstag in Wien spazieren gehen, das ist Urlaub, Ferien und wieder Entdecken von so manchem, was immer schon da war. Ich muss immer wieder den Stephansdom anschauen, an dem seit Jahrhunderten gebaut und renoviert und wieder gebaut wird. Dieser Dom ist in Stein gemeißelte Kirchengeschichte, in der Taufkapelle zum Beispiel kann man die geschnitzte Darstellung der sieben Sakramente bewundern, wobei der pot de chambre bei der Krankensalbung sogar heraus genommen werden kann. Bei aller Frömmigkeit und aller Pracht sind es die kleinen Zeichen der Menschlichkeit und des Humors, welche ein solches Gebäude liebenswert machen. Oder der Zahnweh Herrgott, zu dem man in früheren Zeiten gegangen ist, um sich von seinen Zahnschmerzen befreien zu lassen. Bei den begrenzten medizinischen Möglichkeiten wahrhaftig die letzte Möglichkeit: aber kein Heiliger ist zuständig, sondern der Herrgott selber. Zahnweh ist Chefsache!

In Wien sieht man und trifft man Menschen und man trifft auf die Erinnerungen an viele, die in dieser Stadt einmal gelebt haben. Mozart hat in Wien gelebt und gewirkt und ist auch in dieser Stadt verstorben. Es war das josephinische Wien, einer nach außen prächtigen, einer nach innen armen Zeit, aber auch ein Jahrzehnt der Reformen. Kaiser Joseph ist selber in die einzelnen Länder gefahren, weil der den Berichten seiner Beamten über die katastrophale Armut und das tiefe Elend der Bevölkerung nicht glauben wollte. Und dann als Gegensatz das Leben am Hofe, die Welt eines Mozart, die Musik, die bis heute ihre Frische nicht verloren hat und daneben die höfischen Intrigen, die einem Mozart keine entsprechende Anstellung geben wollten und ihn damit vor aller Welt in Ansehen und finanziellen Mitteln zurücksetzten. Trotz allem lebt die unsterbliche Mozart-Musik in der Oper und im Musikverein und verbindet Zeiten und Menschen miteinander.

In der Innenstadt muss man in die Dorotheergasse zu Trszeniewski auf ein paar Brötchen und einen Pfiff Bier gehen. Zum Leben gehören eben die kleinen feinen Nebensächlichkeiten wie dieses Stehbuffet, das seit seinem Bestehen immer gleich ausschaut und einen in eine fast schon vergangene Welt hineinführt. Die kleinen Brötchen sind pikant und man braucht nur wenige und ein Mittagessen ist fertig, wobei der Pfiff Bier in einem entsprechenden Glas gereicht wird – ein Schluck nur, dafür aber umso besser.

Wien ist immer noch eine Kaiserstadt ohne Kaiser, beim Hofzuckerbäcker Demel kann man es sehen. Die Demelinen, das sind die Kellnerinnen des Demel, gehen heute noch in einem schwarzen Kleid wie zu Kaisers Zeiten und sprechen auch in der dritten Person: „Haben gewählt?" oder „Möchten noch?", so dass man sich wirklich um ein Jahrhundert zurückversetzt fühlt. So was zusammen mit einer hervorragenden Mehlspeis braucht die Seele.

Auf dem Hügel des Psychiatrischen Zentrums „Steinhof" steht die von Otto Wagner erbaute Jugendstilkirche, eine helle, strahlende Kirche, die ganz für die Bedürfnisse der Kranken eingerichtet worden ist: im Gestühl keine Kanten, an denen man sich verletzen kann, der Boden leicht zu reinigen. Eine helle Kirche als Zukunft weisend für Menschen, die gegen ihre dunklen Seiten kämpfen. Man sieht von der Kirche aus die vielen einzelnen Pavillons der Krankenanstalt, die über das Gelände verstreut sind und hat außerdem einen herrlichen Blick über Wien.

Und wenn mir danach ist, dann gehe ich abends ins „Local" in einem Stadtbahnbogen, wo Beckermeister mit seiner Band und seinen Gästen anspruchsvolle Rock und Popmusik machen.

Während ich da so einfach vor mich hin plaudere, wird er zunehmend dünner und dünner und ist am Ende völlig durchscheinend.

Für diese Verhöhnung werde ich mich rächen!

Ach was, diese oder andere von Ihnen möglicher Weise geplante Rachegeschichten sind nie real. Wir müssen Bösewichte erfinden und Geschichten, in denen Bösewichte der Rache zum Opfer fallen.

Er ist nicht mehr da, einfach verschwunden und nicht durch die Wand gegangen. Ich habe das alles nicht geträumt, denn seinen Hirtenstock hat er dagelassen. Er hat es nicht ausgehalten, dass die Steine, die Gemäuer und die Häuser der Stadt Wien Geschichten erzählen.

Steine erzählen immer etwas, sie treten in Verbindung zu allen Anderen, die nicht so hart sind und der Zeit, Wind und Regen trotzen. Aber sie machen es auf ihre Weise, in ihrer Sprache und vor allem, dann wenn sie es für richtig halten. Zugegeben, die Steine der Häuser sind oft nicht sichtbar, weil sie mit einem Verputz bedeckt sind und man deswegen nicht wissen kann, ob unter dieser Hausschutzschicht Ziegelsteine oder Natursteine verborgen sind. Manchmal allerdings, wenn gebaut wird, dann kann man einen Blick auf die Steine erhaschen und nicht selten verändert sich dadurch für den Betrachter der Charakter eines Hauses, es spricht auf einmal eine andere Sprache. Ja, ehe ich es vergesse, es gibt natürlich auch Steine, die weich sind, Sandstein zum Beispiel, und diese Steine verwittern und sind von Natur aus weniger hart. Diese verwitternden Sandsteine erzählen sehr deutlich von der vergangenen Zeit, wenn man nur zuhören und hinschauen will.

☙

Die Personen *um den Kaffeetisch* nicken vor sich hin und wirken inzwischen bizarr, irgendwie scheinen sie zu zerfließen, es gibt immer weniger wahrnehmbare Grenzen, Nebelgeister sind es. Das veranlasst einen alten Zyniker aus der Runde, sich über die Kaffeetafel auszulassen.

Es wäre eine einmalige Gegend hier um den Tisch herum, würde es nicht jenen Fremdenverkehr geben, der sich nur einbildet, für den Gast da zu sein.

Man kann eben nicht einfach ein offenes Haus führen. Wie die Beispiele zeigen, ist es vor allem der Hochmut in diesem Kaffeetisch, ohnehin grundsätzlich Spitzenleistungen in jeder Hinsicht zu erbringen oder gar Wünsche von den Lippen oder Augen ablesen zu können. Also ist festzuhalten, dass hier der Fremdenverkehr, ohnehin ein saublödes Wort, denn vermutlich war während der letzten Kriegstage an diesem Tisch bei weitem mehr „Fremdenverkehr", dass dieser auch nichts anderes ist als anderswo in idyllischen Landschaften, wo man meint, die Tierhaltung gegen Gästehaltung getauscht zu haben. Und da müssen sich eben die Gäste so verhalten wir früher die Rindviecher im Stall. Die bekommen eh was, wir wissen, wann sie was brauchen, und in der Nacht ist es finster und der Stall hat geschlossen zu sein. So ergeht es den Gästen eh noch gut, denn sie dürfen untertags ins Freie und hin und wieder an anderen Orten auch essen.

Kurzum: Es ist hier seit geraumer Zeit eine unverfrorene Überheblichkeit eingetreten, die ohnehin schon Folgen hat, sollte man auf die Einnahmen durch Tourismus erpicht sein. Gemessen am Urlauberverkehr vor 25 Jahren ist es ja hier bereits eine Oase der Ruhe. Es war das wirklich die kühne Entwicklungsarbeit der Tourismusverbände und deren gastronomische Helfer.

Wir wollen aber an diesem Ort des intimen Miteinander Redens keinen Tourismus, geschweige denn eine Oase der Ruhe. Unsere Gäste sind Gäste und unsere Familie ist seit Jahrhunderten so angewachsen, dass Fremde von Familie kaum noch unterschieden werden können.

Es ist schade, ihr habt euch schon aus der Zeit wegbegeben und könnt euch nicht mehr anpassen.

Wer soll sich wo und bei wem an was anpassen?

Im Grunde sind es die immer gleichen Regeln, nach denen sich das alles abspielt, wo auch immer. Nur scheint das Publikum andere Sachen zu erwarten.

Ich nenne meine Geschichte: Ewige Bauernregel, meldet sich ein bebrillter langhaariger junger Mann mit Piercings in Nase und Ohren zu Wort.

Am Land ist das nun einmal so, man ist auf seinen Hof konzentriert, muss Tagaus Tagein hart arbeiten und hat dementsprechend kaum eine freie Zeit, die man nach eigenem Gutdünken gestalten könnte. Das war immer so und wird immer so bleiben, unabhängig von der Tatsache, dass sich Bauernbuben und Bauernmädchen die Samstagnächte erkoren haben, um aus den Höfen einmal wegzukommen und sich auf dem Markt von sofortigen oder späteren Heiratskandidaten ein wenig umzusehen. Wobei man nicht übersehen sollte, dass auch heute in manchen Landstrichen erst dann geheiratet wird, wenn sie schwanger ist, denn dann weiß man, dass sie in der Lage ist, für Erben zu sorgen.

Seit alters her sind Hochzeiten, Taufen und Begräbnisse die natürlichen Treffpunkte, zu denen man gehen musste und wo man neben der Verwandtschaft auch manch andere interessante Bekanntschaft machen konnte. Die so genannten Alten spähten dann scharfen Auges umher, wer wohl für die Tochter oder den Sohn in Frage kommen könnte und wenn man fündig geworden war, begannen die Überlegungen, wie man die Sache möglichst effizient einfädeln könnte. „Männersache" war bei solchen Gesprächen das trinkfeste Expertengespräch unter Landwirten über den Austausch von Land oder Vieh, während es „Weibersache" war, geschickt die Fäden zu knüpfen. Man kennt das ja, mindestens von der Löwinger Bühne oder von der Zaunerschen Stegreifbühne.

Sage keiner, das würde heutzutage anders funktionieren. In der Steiermark ist für das Stiften von Ehen immer noch der Viehhändler zuständig, denn er kommt ja schließlich auf jeden Hof, kennt die Verhältnisse und kann dann durch fundiertes Wissen Menschen zueinander führen. Nur manchmal können die Methoden etwas gröber und vor allem ungeschickt werden.

Da waren Bauern mit ihrem hoffnungsfrohen Sohn mit der Aussicht auf eine mögliche Karriere bei einer großen Hochzeit. Der Knabe hatte bisher immer nur eine bestimmte Sorte von Freundinnen hergeschleppt, was seine Eltern nicht selten zu sorgenvollen Gedanken und dementsprechend irrationalen Handlungsweisen inspirierte. Was taten sie nicht alles: Sie besorgten den Tussis einen Job, am Hof oder in der Nähe, um sie wieder fortzuschicken, wenn die Beziehung von den beiden wieder einmal bis zum nächsten Mal jäh unterbrochen wurde. Und wenn es ältere Freundinnen waren, jedenfalls älter als der Sprössling, dann bekämpftem sie diese aktiv mit Telefonterror und ihren Sohn mit den düstersten Zukunftsprognosen bis hin zur Androhung einer Enterbung. Insofern sind Eltern und Sohn ein eingespieltes Team. Er nervt mit skurrilen Partnerschaften, sie wollen ihn und damit die Verantwortung endlich loswerden und ihn unter die Haube bringen, denn er ist der zweite Sohn und erbt den Bauernhof nicht.

Bei der besagten Hochzeit schien ihm die eine oder andere schon gefallen zu haben, aber irgendwie konnte er nicht richtig landen, da muss er den richtigen Takt wohl noch lernen. Die Bauern registrierten das nach Bauernart und taxierten derweilen und kamen zu einem durchgreifenden Ergebnis. Während er mehr einen auf Schickeria machte und damit nicht so recht Anklang fand und deshalb seinen Trost beim Schlucken suchte, bettelten die Eltern beim Aufbruch ihrer höchst selbst erkorenen Favoritin, sehr zur Überraschung dieser jungen Frau, dieser die Handynummer für ihren Sohn ab. Früher haben sich die Bauern an einen Tisch gesetzt und sich vorsichtig bis zu einem möglichen Handschlag herangetastet, heute fragt man die Frau nach der Handynummer.

Man darf gespannt sein, ob und wie das weitergeht und was sich dann, wenn einmal eines Tages allen Beteiligten das ganze Spiel durchsichtig ist, zwischen Eltern und Sohn abspielen wird.

Alle anderen sitzen in der ersten Reihe fußfrei, schauen zu und amüsieren sich entweder oder sie haben wieder einen neuen Fall für stundenlange Diskussionen. So ist es eben, wenn kein Viehhändler zur Hand ist, der die Zügel in der Hand hält.

Freunde, es ist ja alles schön und gut, aber ihr geht herum wie Katze um den heißen Brei, meinte die alte Tante, die sich selber eine Betschwester nannte.

Wieso denn das?

Bisher haben wir von drei Steinen am Ring geredet, von drei Diamanten. Es hat zwar niemand gesagt, aber ich habe das so verstanden, dass sie alle gleich groß sind und jeder für sich und alle gemeinsam sehr schön blitzen. Aber der vierte ist mindestens ebenso wichtig.

Niemand hat gesagt, dass der eine Stein mehr oder weniger wichtig ist als die anderen!

Umso mehr. Dann ist es jetzt an der Zeit, über die religiöse Erziehung zu reden, über das, was der Mensch zum Leben braucht, das ist nämlich der vierte Stein!

Kein Mensch braucht Gott oder so was ähnliches.

Das meinst auch nur du.

Da mischt sich ein älterer Herr in den Disput ein. Es ist schon richtig, dieses Thema haben wir bisher noch nicht ausführlich besprochen, denn wir brauchen eine vernünftige Religion.

Vernunft und Religion, grinst einer der Jüngeren der Kaffeetrinker.

Aber natürlich, eines geht ohne das andere nicht. Es sind die uralten Erzählungen, die in den heiligen Schriften aufbewahrt werden, Menschheitswissen, wenn man so will, eine einzige Erzählung für die Menschheit.

Ach was, in der Schule braucht man Religion, damit man wenigstens eine gute Note im Zeugnis hat, später hat man nicht einmal mehr das davon.

Die alte Tante, also jene, die sich Betschwester nennt, meint ganz trocken, dass man nicht wie der Blinde von der Farbe reden könne. Religion habe etwas mit dem Leben zu tun.

Hat von euch nie einer sich einmal etwas ganz fest gewünscht und hat sogar dafür ein Gebet gesprochen, wie immer man sich diesen Gott auch vorgestellt hat?

Vorsicht, liebe Tante, entweder ist das Gebet in Erfüllung gegangen, dann war es ja gut und man brauchte nicht weiter beten, oder aber nicht, dann kommt einem ein Gebet nicht mehr so leicht von den Lippen.

Lieber Neffe, deswegen meine ich ja, sollte man den Kindern einmal genau zuhören, da können wohl auch die Alten noch was lernen.

Der oben schon genannte, noch junge Herr, lange Mähne sowie Brille und feingliederige Hände, lässt sein fast schon provokantes Schweigen bleiben und meint ganz lapidar, dass Religion immer etwas mit Rausch zu tun habe, aber nicht so, wie es ein gewisser Herr Marx gemeint hätte. Es geht um die Mittel zum Rausch, Wein zum Beispiel oder aber auch der Weihrauch und um deren verantwortliche Verwendung. In allen Religionen der Welt gebe es Formen der Ekstase, die wiederum auch nur bestimmten Menschen zugänglich seien. Dem müsse man einmal nachspüren! Ganz abgesehen einmal davon, dass dieses fast überall anzutreffende göttliche Bodenpersonal doch insgesamt eine Quelle ewiger Freude ist, wenn man sie beobachtet. Freilich, freilich, die bitteren Ausnahmen gibt es auch, das darf man nicht übersehen, aber das muss an anderer Stelle besprochen werden.

Du musst ein Philosoph sein, ein anderer kann so schnell gar nicht die Kurve kratzen, meint eine Zwölfjährige, die ihren Kakao trinkt.

Gut, dann bin ich halt so einer, der dauernd Antworten so lange herumdreht, bis am Ende nur noch Fragen überbleiben, ein Philosoph eben. Mein kleines Fräulein, gehst du eigentlich in die Kirche?

Selten, nur wenn ich muss. Ich schau mir schon die religiösen Kinderbücher und DVDs an, manches versteh ich auch, aber nein, freiwillig geh ich nicht in die Kirche. Aber was hat das eigentlich mit unserem Thema zu tun?

In Wahrheit nichts, sagt die alte Betschwester, denn niemand macht etwas, was für ihn nicht wichtig ist. Für mich ist es wichtig, für dich offenbar nicht.

Ich kenne niemand, der hingeht.

Der bebrillte langmähnige Herr meint, man brauche nirgends hinzugehen, weil man sowieso alles in sich habe.

Ihr redet alle von so was, wie hat es die Lehrerin neulich genannt, ach ja, Moral und stellt dauernd neue Regeln auf. Vielleicht rede ich, wenn ich einmal alt bin, so dreißig Jahre oder so, auch wie ihr. In der Zwischenzeit will ich meine eigenen Fehler machen, mich nicht bevormunden lassen.

Ich sehe schon, sagt der Philosoph, der übrigens ein Vetter der jungen Dame ist, die Geschichte, die ich nun erzählen möchte, ist nicht ganz leicht zu erzählen, aber ich probier's trotzdem.

# 4. Wie lehrt Gott

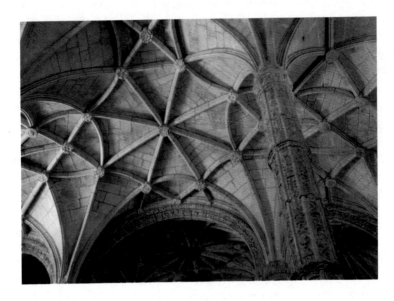

Gestern[21] traf ich in der Herrengasse den alten Herrn Professor B., sicherlich schon hoch in den 80. Weißes, wallendes Haar, aber perfekt modisch in einen weiten Trachtenmantel und den dazu passenden Hut gekleidet, die farblich dazu passende Krawatte versteht sich von selber und alles in allem lebhaft wie immer. Man sagt von ihm, er habe die in Europa größte Sammlung von Schulfibeln, was den Tatsachen entsprechen dürfte. Er ist das Urbild eines Lehrerbildners, immer noch aktiv, quirlig und voller Tatendrang. Wir haben miteinander geplaudert und bei der Gelegenheit hat er die Frage abgeschossen: Welche Didaktik hat die Bibel!

Er hat seine edle Aktentasche geöffnet und ein Buch aus der Zentralbibliothek des Unterrichtsministeriums herausgezogen, das in etwa davon handeln sollte. Es war aus irgendwann 18hundert und ich habe nur gemeint, weil das bischöfliche Imprimatur drinstünde, könne er sich davon nicht viel Neuigkeitswert erwarten, schon gar nicht in Bezug auf seine Fragestellung. Er hat lausbubenhaft gelacht.

---

21 Der sicherste Reichtum ist die Armut an Bedürfnissen. Franz Werfel

Wenn es eine Didaktik der Bibel gibt, dann verlängert die sich sicher nicht in irgendein Lehramt hinein, denn das wäre etwas, was man von außen an sie heranträgt. Auch die vielen Fachdidaktiken, die den Markt überschwemmen und in Form von Lehrerhandbüchern und Schulbüchern vorhanden sind. Sie sind alle in einer Vermittlungsabsicht – und da stecken immer Ansprüche dahinter, nicht selten Machtansprüche – geschrieben worden sind.

Nach dem Jahrhundert der kritischen Bibelwissenschaften und den vielen, zum Teil sogar einander widersprechenden Denkschulen ist natürlich die Frage nach der Didaktik der Bibel absolut auf der Höhe der Zeit. Ist diese Frage doch nichts anderes als der Versuch, dem lieben Gott übe die Schulter zu schauen, sollte er da Wort für Wort und Buchstabe für Buchstabe diktiert haben. Lehnt man freilich eine solche Theorie als zu wenig wissenschaftlich ab, dann kompliziert sich die Frage dahingehend, an welche Vorlagen sich die Schreiber der einzelnen biblischen Bücher gehalten haben. Noch spannender allerdings dürfte die Frage sein, wie sie, die Schreiber, an die Vorlage gekommen sind, wer die ihnen gegeben hat und wem sie, die Schreiber, sie dann weiter gegeben haben und ob sie eventuell Randbemerkungen oder Fußnoten hineingeschrieben haben, die dann ihre Nachfolger zu beherzigen hatten. Wie auch immer, lautet die unausgesprochene Hypothese, die Bibel ist ein Erziehungsbuch und gehört deswegen in die Hand von Pädagogen und muss folglich den Theologen weggenommen werden.

Nicht von außen herantragen, sondern von innen heraus finden! lautet die pädagogische Devise! Und deswegen wird gleich von Vornherein festgehalten, dass dann, wenn von der Bibel gesprochen wird, dann ist es die ganze Schrift des landläufig so genannten und sinnloser Weise in Teile getrennten Alten und Neuen Testaments. Denn das könnte nicht ein Ganzes sein, wenn nicht die gleichen Vorstellungen in den Worten, Erzählungen und Bildern grundgelegt sind, meinte der alte Herr Professor, wobei eines seiner blauen Augen vor Vergnügen blitzte. Sein anderes Auge ist ein Glasauge.

Die Schrift erklärt das Leben und das Leben hilft die Schrift verstehen!

Und noch etwas: Schon in der Schule haben wir gelernt, dass die so genannten W-Fragen, also wer, wie, was, wo und warum als Fragen zu betrachten sind, auf die es am Ende nur eine mögliche Antwort geben kann – es sind Wissensfragen. Es könnte sich am Ende herausstellen, dass auf die gestellte Frage nur viele Antworten, nicht aber die Antwort gefunden werden können. Sollte das so sein, macht das aber auch nichts, der Weg dahin wird sich auf jeden Fall gelohnt haben.

Bevor man aber geradewegs auf die Frage, wie Gott lehrt, losgeht, muss man doch wohl zuerst einmal einen Blick darauf werfen, wie das bisher geschah. Mit anderen worten: Man muss sich mit der Kirche und ihren Strukturen und dem, was sich in ihr so abspielt, beschäftigen. Aber es sei von vornherein gewarnt: die Blickwinkel sind ganz eigene und stellen nicht unbedingt allgemeines Wissen dar.

Da ist zuerst einmal der organisatorische oder kirchliche Beratungstisch. Dieses Möbelstück gibt Auskunft darüber, wie in kirchlichen Gremien Entscheidungen zustande kommen können. Grundsätzlich ist ein solcher Tisch von einem anderen Tisch nicht zu unterscheiden, wären da nicht bestimmte Ösen und Führungen, die zu jedem Sessel hinführen. Am Platz des Vorsitzenden befindet sich eine etwas breitere Führung. Diese Führungen und Ösen werden vor einem jeweiligen Sitzungsbeginn derart aktiviert, dass man Schnüre einzieht, die dann auf dem Tisch entweder in einem Halstuch oder einer Krawatte enden, welche die Sitzungsteilnehmer am Beginn der Zusammenkunft um den Hals legen – man will ja schließlich im Sinne einer corporate identity auch nach außen ein gemeinsamen Bild abgeben. Der Vorsitzende hat nun alle Stricke in der Hand und wenn eine Entscheidung oder ein Beschluss zu fassen ist, dann zieht er nur kurz an. Die Beschlüsse werden abgenickt und finden alle einstimmig statt.

Erfunden wurde dieses Patent in einem kirchlichen Gremium und hat seitdem seinen Siegeszug durch alle Konferenzräume der Welt angetreten.

Dann gibt es weiters den Pfarrerslehrling, der frisch von der Uni kommt und sich als erstes anhören muss, dass er alles, was bisher war, vergessen könne, hier lerne er oder sie das wahre Leben kennen. Ein lupenreines Dilemma tut sich auf. Ein solcher oder eine solche weiß alles und kann noch nichts, hat eine Familie, viel Idealismus und wenig Geld. Also wird er einem erfahrenen Pfarrer an die Seite gegeben, damit er in dem vorindustriellen Lehrherr-Lehrling Verhältnis seinen Beruf von der Pike auf lerne. Früher war es so, dass der Lehrling zum Einstand gleich einmal drei Beerdigungen und einen Gottesdienst zu machen hatte, damit er von vornherein weiß, welchem Stress er ausgesetzt wird. Heutzutage hat sich das grundlegend geändert, denn da wird er oder sie vorsichtig befragt, welche praktische Tätigkeit er oder sie denn machen wolle und bis wann er oder sie glaube, dass er oder sie damit anfangen und zu einem Ende kommen könne. Warum dieser massive Unterschied? Nicht so schwer zu erraten. Dieses Jungvolk hat auf der Uni Bücher gelesen, deren Titel alleine schon dem erfahrenen Praktiker beim Lesen im Pfarrerblatt unverständlich waren. Aber unter dem Strich handelt es sich nur um einen graduellen Unterschied, denn die diese Lehrlinge fühlen sich wie alle Lehrlinge immer eingeengt, eine Tatsache, über die man sich nur in der eigenen Familie mit einer schnell wachsenden Kinderschar hinwegtrösten kann.

Ein Pfarrerslehrling weiß so viel und möchte so viel ändern. Da dankt die Dame aus der ersten Reihe für seine äußerst interessante und lehrreiche Predigt. Darüber lacht dann der Mesner eine ganze Woche lang, denn diese Dame ist bekannter Maßen schwerhörig und hatte zudem ihr Hörgerät nicht bei sich. Und dann steht auch noch einer auf und stellt Fragen zu seiner Predigt, aber er hatte alles das doch so gar nicht gesagt, geschweige denn gemeint. Und hinten in der letzten Reihe hat einer mitgeschrieben, was will der nur? Und der Kollege, der gekommen ist, um ihn zu unterstützen, hat den Predigttext in der Bibel mitgelesen und schüttelt nur noch den Kopf. Der Pfarrerslehrling möchte, wie gesagt, so viel ändern.

Wenn man jetzt fragt, wie Gott denn lehrt, dann gibt es eine erste ungefähre Antwort: Er lässt Erfahrungen machen.

Ein weiterer soziologischer Erfahrungswert ist das sogenannte Perpetuum mobile.

Wie auch immer, die Erfindung des perpetuum mobile ist gelungen, denn in wenigen Jahre sind die oben beschriebenen Lehrlinge selber Meister und stellen fest, dass die Lehrlinge, die man da frei Haus geliefert bekommt, von dem Beruf keinen Dunst haben – was lernen die denn eigentlich auf der Uni?

Und weil wir schon beim perpetuum mobile sind: Da kommt ein geistlicher Herr neu in eine Gemeinde. Wunderbar, Gott sei Dank gibt es ja keinen Pfarrermangel. Am Zählsonntag hat er 50 Gottesdienstbesucher, wobei man in diesen Kreisen mit Zahlen immer etwas vorsichtig sein muss, denn er zählt sich und den Organisten mit und doppelt, also sind es korrekt nur 45 Teilnehmer.

Und dann wird in die Hände gespuckt, denn dieser Gemeinde muss aufgeholfen werden, so was hat man ja noch nie gesehen und es wäre doch gelacht, wenn man da nicht ein Juwel draus machen könnte. Neue Töne, neue Farben, hie und da neue Mitarbeiterinnen und Mitarbeiter, ein neues Wort im Gottesdienst „Hü" und eine veränderte Liturgie „Hott". Weniger Innerlichkeit, dafür mehr Kommunikation, etwas weniger stressige Arbeit und was man dergleichen mehr für seine Zufriedenheit braucht.

Und so ziehen die Jahre ins Land. Es sind immer noch 50 Gottesdienstbesucher (weniger … man weiß schon), es sind nur 50 andere.

Beim nächsten Pfarrer geht's dann genauso. Er wird dasselbe hören wie alle seine Vorgänger und sicherlich dereinst alle seine Nachfolger: Ja, früher, da war die Kirche voll und wir werden alle ganz sicher jeden Sonntag kommen.

Hier lehrt Gott überhaupt nicht, das hat er nicht nötig, denn es handelt sich um einen indirekten Gottesbeweis, der sich als Perpetuum mobile begreifen lässt!

Aber warum ist das so? Auch hier liegt die Antwort gewisser Maßen auf der Hand. Es ist das Kirchenrecht. Und warum ausgerechnet das? Nun, gegen das Unkraut ist ja in Wahrheit kein Gras gewachsen und wenn man gegen das Unkraut etwas unternehmen will, dann muss man sich was einfallen lassen. Das ist eben das Kirchenrecht, nicht auf einmal freilich, nein bewahre, schön Stück für Stück. Bei einem Streitfall musste man ja irgendwie handeln, das römische Recht bot sich an, aber da fehlte noch was. Also hat man bei jedem Vorfall immer ein bisschen mehr Gesetze gemacht, da kam dann jeder auf seine Rechnung. Die Pfarrer handelten in gottgewollter Unschuld, die Rechtsgelehrten hatten hinterher immer Recht und die Betroffenen kannten die Ausnahmen. Und wieder hat man etwas in Gang gesetzt, das nicht aufhört, sondern immer neue Aktivitäten verlangt. Denn wenn ein Fall vorliegt, dann muss man eben entscheiden, hat aber in Wahrheit aber nichts mehr zu bestimmen, sondern nur noch zu vollziehen. Dabei kann es freilich passieren, dass den Gesetzen ein weiteres Gesetz hinzugefügt wird, das als solches vielleicht den Gesetzesmachern einsichtig sein mag, das aber sonst niemand versteht und vor allen Dingen ziemliche Härten in sich trägt. Und wieder lautet die Frage: Wie geht's weiter? Und hier greifen wie immer die Pfarrer ein – ausnahmsweise!

Dieses Werkel funktioniert, denn wir reden eben von einem weiteren Perpetuum mobile, aber nun muss man doch endlich die Katze aus dem Sack lassen: Reden wir nicht vielmehr schon die ganze Zeit von vielen Dilemmas?

Aber das ist im Grunde nur die institutionelle Seite der Sache. Es gibt auch eine sehr individuelle, über die man erst seit dem Siegeszug der modernen Medien weiß. Was man nämlich früher einem Pfarrer, manchmal mühsam – und hin und wieder doch vergeblich – an Sprechtechnik und schauspielerischer Rhetorik beigebracht hat, das leisten heute elektronische Geräte wie Video oder ähnliches. Man sieht sich einfach selber und das ist heilsam, weil dann macht man einfach manches nicht mehr. Ob freilich derartige Erkenntnisse zu Berufswechseln geführt haben, darüber schweigt die Statistik, nur hin und wieder hört man von einem öffentlichen Menschen, dass der früher einmal Pfarrer gewesen sei. Aber seien wir ehrlich: Wann kann sich denn ein Pfarrer selber sehen? Er hat sonntäglich Gottesdienst, aber wann kommt er schon einmal als Zuhörer in die Kirche? Geschweige denn, dass er sich selber hören kann!? Sachfremd ist jedenfalls der weinselige Spruch: Selig sind die Trunkenen, denn sie werden den Pfarrer doppelt sehen. Genauso sachfremd ist das Ansinnen, den ganzen Kalamitäten einfach dadurch auszuweichen, dass man eine Videowall auf die Kanzel stellt und dass sich dann die Gemeinde und der Pfarrer den Gottesdienst gemeinsam ansehen.

Wo käme man denn hin?

Nun ja, gibt es freilich noch einen ziemlich ungenützten Markt, welcher das sonntägliche perpetuum mobile tatkräftig unterstützen könnte. Wie wäre es, die sonntägliche Predigt den Gottesdienstbesuchern als Video elektronisch zu übermitteln? Die also Bedachten könnten dann entscheiden, wann sie den Gottesdienst konsumieren und würden vielleicht, weil wirklich ausgeschlafen, alles noch viel mehr genießen. Und dann hätte die Sache noch einen Vorteil. Der Pfarrer könnte sich am Montag elektronisch melden und überprüfen, ob seine Predigt verstanden worden ist. Eine gewisse Fehler- oder Missverständnis Quote müsste man natürlich einräumen, aber wer alles verstanden hat, der könnte zum Beispiel zur Belohnung mit dem Pfarrer Mittagessen und die Verständnislosen könnten eine Woche lang unentgeltlich für die Gemeinde arbeiten.

Es wäre doch gelacht, wenn man auf diese Weise nicht mehr als nur 50 Gottesdienstbesucher erreichen würde. Und für das alles bräuchte man nur noch eine funktionierende Emailadresse!

Jeder Pfarrerslehrling lernt als erstes, dass ein Pfarrer verheiratet ist, so war das zumindest früher einmal. Heute muss ein Lehrling nicht heiraten, denn man geht ja schließlich mit der Zeit, nur wenn er mit seinem Freund im Pfarrhaus lebt, sollte er das vorher schon kommuniziert haben. Ist der Pfarrer eine Frau, dann muss sie auch nicht heiraten, weil für sie das gleiche Recht gilt. Ist er oder sie aber verheiratet, dann ist die Welt fast schon wieder in Ordnung.

Nur – heute tut die Pfarrfrau in der Gemeinde nicht unbedingt mit, der Pfarrmann der Pfarrerin ebenfalls nicht auf jeden Fall. Ach, was erzählen die alten Geschichten und Lesebücher noch von einer heilen Welt, wo die Frau Pfarrer die Näh- und Mütterkreise betreute, für die Nöte der jungen Mädchen da war, Kirchenchor und Kindergottesdienst leitete, ihren Mann in dessen Abwesenheit vertrat und fast nebenbei Mutter einer kleineren oder größeren Kinderschar war. Insofern war die Pfarrhaustür immer offen, heute legen Pfarrersleute Wert auf ein Privatleben.

Wenn dann ein ausgelernter Pfarrer in eine Gemeinde kommt, dann freuen sich alle. Denn schließlich ist eine Gemeinde ohne Pfarrer wie ein Hund ohne Herrl – oder war das umgekehrt gemeint? Wie auch immer, wenn man nun ein neues geistliches Gefäß in der Gemeinde hatte, dann war für Gesprächsstoff gesorgt und das Gemeindeleben blieb intakt. Die einen waren für ihn, andere natürlich gegen ihn; nicht weil sie unbedingt etwas gegen den neuen Religionsdiener hatten, sondern weil sie jene nicht leiden konnten, die für den Pfarrer waren. Und natürlich gibt es immer einige, die halten sich raus; aber die haben ja wohl nie richtig dazu gehört.

Und so wird dieses Spiel jahrein, jahraus gespielt und wenn eine Gemeinde ihren Pfarrer endlich so weit hatte, dass er für sie brauchbar, dann ging er in Pension. Sein Nachfolger durfte dann dieses Spiel fortsetzen, wobei es immer nur zwei Optionen gab: Mitmachen oder Rosen züchten.

Überhaupt haben es die Pfarrer am Land viel besser, da sind die Leute noch viel herzlicher und ihren Pfarrern zugetan. Allerdings gibt es da als sonntägliche Konkurrenz Sankt Nebenskirch, das Wirtshaus neben der Kirche. Und dorthin schleichen sich die Männer während der Predigt, weil in Sankt Nebenskirch die Gebetbücher Henkel haben. Und solcherart haben sie immer einen Vorsprung vor denen, die erst nach dem Gottesdienst dazu stoßen.

Wie lehrt Gott, war die Frage? Die Antwort ist ebenso verblüffend wie einfach: Er lässt alle diese Geschehnisse zu.

In einer bestimmten Gegend erzählt man sich heute noch hinter vorgehaltener Hand, dass der Pfarrer eines Sonntags den Gottesdienst verließ, die Kirchentüre zusperrte und den Organisten ein besonderes Konzert geben ließ. Er selber schritt ins Wirtshaus und hat den dort diesmal schon vollzählig versammelten Männern eine derartige donnernde Strafpredigt gehalten hat, dass sie alle miteinander mit ihm wieder in die Kirche gegangen sind. In Zukunft sind sie dann wirklich erst nach dem Gottesdienst ins Wirtshaus gegangen, wo sich der Pfarrer dann hat kurz sehen lassen.

Es muss festgehalten werden, dass ein solches Vorgehen nichts mit der Lehre Gottes zu tun hat, sondern dass der Pfarrer höchstens einer Verwechslung seines Zorns mit dem lieben Wort Gottes erlegen ist – ob Gott auch so brachial wäre wie der hier geschilderte Pfarrherr?

Und früher hatte der Pfarrer am Sonntag nach dem Gottesdienst noch die Wahl, welche Frage er der inzwischen eifrig mit Kochen beschäftigten Pfarr- und Ehefrau stelle. Frage A: Wie hat dir die Predigt gefallen? Und Frage B: Was gibt es heute zu essen? Die Fama berichtet, dass die Frage B mit zunehmenden Dienstalter die Frage A so gut wie getilgt hat. Aber unbestreitbar bleibt auch, wäre Noah ein Pfarrer gewesen, dann hätte er im Pfarrgarten sicher keine Arche bauen können, weil ihn seine Gemahlin erfolgreich daran gehindert hätte. Unvorstellbar! Wie sich das auf die geistige Tradition des Pfarrhauses ausgewirkt hätte!

Und damit sind wir bei den Predigten, jenen Perlen der gesprochenen Literatur, des profunden biblischen Wissens und der moralischen Keulen. Ein Pfarrer, der sich bei seiner Predigt auf eine göttliche Eingebung verlässt, damit im wahrsten Sinn des Wortes was Gescheites dabei herauskommt, der ist ein Faulian, sonst nichts. Wenn einer bei seiner Examenspredigt voll des heiligen Geistes gezählte dreimal „Verdammt nochmal" sagt, muss er nichts befürchten, weil es die Gemeinde nicht merkt. Wenn er allerdings einer in einer Predigt so ziemlich alles bezweifelt, was die Gemeinde bisher geglaubt hat und zudem noch die Frage stellt, was die Leute eigentlich hier wollen, dann hat er sich zwar sicher vorbereitet, aber auf eine göttliche Eingebung kann er sich bei so einer Predigt schwerlich berufen. Wenn einer bei kirchlichen Feiertagen immer mit der gleichen Geschichte aus seiner Kindheit beginnt, dann ist das für alle Heimat, Weihnachten und Ostern oder sonst was, aber weder vorbereitet noch ein Einflüsterung von oben.

Wenn einer vor dem Gottesdienst eine Schuhschachtel aus dem Bücherschrank zieht, die dort befindlichen Gottesdienstvorbereitungen unter dem dauernden Gemurmel: „Welche Kuh schlachten wir denn heute, welche haben wir denn schon lange nicht mehr geschlachtet!?" durchblättert und endlich triumphierend ein vergilbtes Blatt hervorzieht, dann muss man das als göttliche Führung und Fügung begreifen.

Wie auch immer: Weil es über der Kanzel in vielen Kirchen einen Schalldeckel gibt, dann ist dieser in jedem Fall die allererste und einzige Begründung dafür, dass die Erleuchtung von oben ihr Ziel nicht erreichen konnte.

Und dennoch, so nehmen wir einmal an, findet mitten unter den vielen Worten auch die Lehre Gottes statt, ganz zart, wie ein Windhauch, man kann, aber man muss es nicht spüren.

Und zum Schluss dieser ewig wiederkehrenden und sich selbst immer neu gebärenden Vorkommnisse noch etwas Ernsthaftes. Es geht um den Wettstreit zwischen Kanzel und Orgel. Wie viele Lieder kann eine Gemeinde?

Grundsätzlich weiß man in einem Gottesdienst immer, wenn der Pfarrer da ist: eine laute und dröhnende Stimme in relativer Annäherung an die geschriebenen Noten. Manchmal singt der Pfarrer schneller als die Orgel spielt, manchmal ist es umgekehrt und dann kann es auch sein, dass die Orgel so asthmatisch spielt, dass den Sängern das Lied völlig neu vorkommt.

Die Auswahl der Lieder ist immer ein Problem. Da gibt es Gemeinden, die gestatten ausnahmsweise pro Sonntag ein neues Lied aus dem Gesangbuch, um nicht immer die 20 gleichen singen zu müssen. Das wären im Jahr mindestens 52 neue Lieder. Bei den etwa 530 Liedern im Gesangbuch – genau weiß man diese Zahl wegen der dauernden Revisionen nicht, wären das hochgerechnet geschlagene 10 Jahre, bis man das Gesangbuch „durchhat". In der Zwischenzeit, wechseln Organisten und Pfarrer gehen in eine andere Gemeinde oder in Pension und es kommen andere Leute zum Gottesdienst. Es steht zu befürchten, dass es bei den 20 gleichen Liedern bleibt, denn bei einem perpetuum mobile gibt es eben keine Durchlässigkeit – immer das Gleiche. Neue Kirchenlieder haben es da schwer, denn sie werden sofort unter verschiedene „Verdächte" gestellt: Die Melodien sind nichts, die Texte heißen nichts und die alten Lieder waren immer noch besser.

So bleibt dann alles beim Alten unter der Stimmführung von ein paar Hallelujaengeln. Der Organist bemüht sich um mehr Engagement für den Kirchengesang und der Pfarrer hält sicherheitshalber die Gemeinde für überfordert.

O Martinus Luther, o Sebastianus Bach, ihr Väter edler Worte und Stimmkultur, schaut bitte nicht herunter, denn sonst müsstet ihr rot werden, wenn bei einem eurer Lieder die Orgel zu spielen aufhört, mit deutlichem Krach verschlossen wird und dem verdatterten Gastprediger von oben her zugebrüllt wird, dass die Pfarrer dieser Gemeinde solche Lieder nie singen lassen. So viel Lehre über Gott in Gesang und Gesangbuch!

Dennoch, wo man singt, da lass dich ruhig nieder!

Lasset die Kinder, ja was denn? Beinahe hätten wir auf sie vergessen: die Kinder. Dabei gilt es, einmal umgekehrt auf sie zu hören, was sie so zu sagen haben und deswegen lassen wir sie selber zu Wort kommen. Die Aufgabe war, einmal aufzuschreiben, was ihnen einfällt, wenn sie über den Satz: „Wenn Jeus wieder auf der Erde wäre" nachdenken. Eine solche Frage muss ja nicht für Dostojewskis Großinquisitor reserviert bleiben. Schließlich sagt ja nicht nur der Volksmund: Kindermund tut Wahrheit kund! Also schauen wir uns ein paar Kostproben kindlicher Vorstellungen an:

„Wenn er wieder auf der Erde wär
Dann wär es ganz anders
Als vor 100 000 Jahr!
Die Tiere würden sich vertragen
Und niemand täte sie verjagen
Wir würden immer Mehlspeis essen
Sonst müssten wir die Tiere fressen.
Wir hätten niemals Delikatessen

Müssten aus übrig gebliebenen Konserven essen
Die Kleidung davon wollen wir nicht reden
Sie wäre so wie im Garten Eden.
Es würde keine Schule geben
Juchu, da wär jeder Tag freigegeben
Auch Arbeit könnte niemand verkneifen
Aber das kann heutzutage niemand begreifen.
Es wird den Adam geben als auch die Eva
Auch den Baum der Erkenntnis
Davon darf man auch nicht essen
Und wenn die Erde untergeht ist alles vergessen
Ja ja wenn er wieder auf der Erde wäre
Dann wär alles anders.

„Im Jahr 5 000 gibt es Raketen, die genauso gebraucht werden wie jetzt zum Beispiel die Autos. Die Menschen hätten den Wohnsitz Gottes schon längst entdeckt und Jesus würde wie die anderen Menschen im Weltall herumfliegen.

Ein Mann kam nach Rom und ging zum Papst und sagte: „Ich bin Jesus, ich bin wieder auf der Erde."

1. Der Papst hat Angst und lässt ihn hinauswerfen.
2. Der Papst hält ihn heilig.

Wenn Jesus auf der Erde wär
Dann führ er mit der Tramway hin und her
Vom Stephansdom zum Karlsplatz
Und alles ist für die Katz
Denn keiner glaubt ihm mehr
Dann führ er bis ans Meer
Und ruhte sich dort aus.
Die Ärzte bekamen schon angst
Denn Jesus, der heilt in Hast
So sperrten sie ihre Praxis zu
Und Jesus heilte immerzu.
Besser wär Sonntags in die Kirche gehen
Denn sonst gibt es immer weniger Geld zu zählen …

Wenn Jesus wieder auf der Erde wär, wär es herrlich, da gäb es keine Kranken mehr, keine Kriege, keine Streitigkeiten gegeneinander, denn Jesus würde alles wieder schlichten. Die Tiere wären friedlich und zahm und wir dürften sie nicht essen. Es gäbe keine Hungersnot und alle haben warme Sachen für den Winter und leichte Kleider für den Sommer zum Anziehen. Und jeder hätte eine Behausung, die vor Wind und Wetter schützt. Die Kinder hätten keine Schule und die Erwachsenen müssten nicht in das Geschäft, es wäre immer frei und die Menschen und Tiere lebten glücklich und zufrieden miteinander. Aber das wäre alles nur, wenn Jesus auf der Erde wär.

> Wenn Jesus auf der Erde wär
> Das gefiel uns sehr.
> Jesus würde heute modern gekleidet umherlaufen
> Und allen Leuten Geschenke kaufen.
> Er wird umjubelt und umringt
> Da er viel Gutes bringt
> Er betet und lehrt
> Und viel Heilung begehrt
> Er lehrt und betet
> Und predigt und redet
> Er tut viel Gutes für die Welt
> Da er wenig von Krieg und Leiden hält
> Die Armen macht er froh
> Die Reicheren hält er ebenso
> Der Mann, die Frau, das Kind
> Werden glücklich ganz geschwind
> Vom alten Frohsinn heimgekehrt
> Der sehr begehrt
> Auch werden sie glücklich, wenn sie ihn sehen
> Dass sie ihm immer entgegen gehen.
> So wird es wohl sein
> Und alle bleiben von Sündern rein
> Wie schön müsste das sein.
> Wenn Jesus auf der Erde wär
> Das gefiel uns sehr.
> Alle gehorchen Jesus immer
> Denn wer nicht gehorcht, den man nimmer
> Auch Tiere haben Jesus gern

Und wenn sie ihn erblicken aus der Fern
Laufen sie geschwind zum Herrn.
Jesus gibt ihnen Futter in Mengen
Dass alle sich um ihn drängen.
Wer sich vor kranken Menschen scheut
Wird für dumm bezeichnet von den Leut
Wer die hässlichen Menschen auslacht
Dessen Gesicht wird noch hässlicher gemacht
Und der, der eben noch hässlich war
Trägt nun ein anderes Gesicht sogar.
Es geht auch alles ziemlich zu
Alle Lebewesen halten Ruh.
Man darf die Tiere nicht erschießen
Kein Fleisch genießen
Nichts ist kostspielig
Sogar Gewand bekommt man billig
Da man von Geld
Nicht viel hält
Das ist eben eine andere Welt.
Wenn einem Dinge zu langweilig sind
Geht man in die Kirche geschwind
Dann geht man singend nach Hause
Und isst seine Jause.
Autos machen zu viel Lärm
Das hört man nicht gern.
Die Autos hat man deshalb abgeschafft
Und geht zu Fuß nach alter Tracht
Man ist sehr gesund
Weil man oft herumläuft mehrere Stund.

Wenn Jesus auf der Erde wär, würde es keine Kranken geben
Die Menschen u d Tiere würden sich vertragen
Es würde keine Autos geben und alle Menschen würden fröhlich sein.
Es gäbe kein Geld und man müsste nichts bezahlen
Jeder hätte ein Haus und alles was dazu gehört.
Es würden schöne Blumen wachsen. Es gäbe keine Hungersnot und alle Menschen würden sehr alt werden.

Wenn Jesus auf der Erde wär
So würde es ganz anders sein
Es gäbe kein Gefängnis mehr
Denn Jesus machte alle rein
Wir dürften kein Fleisch mehr essen
Nur Kuchen, oh, das wär fein.
Die Tiere dürften uns nicht fressen
Es würde vieles anders sein.
Wir würden jetzt wie früher leben
Und in keine Schule gehen
Und ehe wirs uns noch versehen
Würde Jesus Abschied nehmen.

Wenn Jesus auf der Erde wär
Würde er ein Gericht halten
Die Guten würde er zu sich rufen
Und die Bösen bestrafen
Da würden die Guten froh sein
Dass sie nun nicht mehr unter den bösen
Oder schlechten Menschen sein müssen.
Die Kranken würde er heilen
Und den Armen Kleider und Essen geben.
Wir würden kein Fleisch essen.
Denn Tiere und Menschen würden in Frieden leben."

Man kann machen, was man will, eine derart heile Welt können sich nur Kinder träumen. Und wenn man sich immer noch fragt, wie Gott eigentlich lehrt, dann liegt die Antwort auf der Hand: Durch die Phantasie der Kinder. Und da genau liegt das Dilemma: Wer hört schon Kindern zu? Wer nimmt sie ernst? Werden da nicht eher Sätze wie: Das ist süß, aber die werden auch noch das Leben kennen lernen, laut? Ja, Gott lehrt einerseits durch das perpetuum mobile des ganz normalen kirchlichen Alltags in einer bestimmten oder in allen christlichen Kirchen und in Moscheen und Tempeln und schafft damit Biotope des Menschlichen, allzu Menschlichen. Da liegt es auf der Hand, dass nicht Wenige diese Situationen als Dilemmas empfinden, von denen man nicht weiß, wie man sie lösen kann. Soll man sie überhaupt lösen? Eine Option wäre sicher, die Gedanken und Vorstellungen von Kindern wirken zu lassen und nicht schon wieder mit einem: So geht das nicht, das ist ja Phantasterei! abzutun.

Weiters: Es ist endlich an der Zeit, mit einem Vorurteil ein- für alle Mal aufzuräumen. Gemeint ist das Wort „Pfaff"! Zuerst einmal ist es nicht korrekt geschrieben, denn es muss so sein: „P.f.a.f.f.", weil es nämlich eine lateinische Abkürzung ist: Pastor fidelis animarum fidelium. Ein frommer Hirte frommer Seelen! Und das ist schließlich theoretisch ein jeder, ohne Ausnahme und ohne Unterschied. Es hat das Vorurteil aufzuhören, als gäbe es in einer Gemeinde nur einen Pfaffen, nein alle sind das! Und die so genannten Laien sind oft mehr Pfaffen als die dafür angestellten Profis. Es gibt eben darüber hinaus von Amts wegen angestellte Religionsdiener, der oder die dann Drüberschweber sind. Aber das versteht sich in einer arbeitsteiligen Gesellschaft von selber und ändert ja am Prinzip jedoch nichts. So herum betrachtet ist jede christliche Gemeinde nichts anderes als eine P.f.a.f.f.engesellschaft.

Neuerdings kommt die Kirche zu den Menschen, man spricht von „Besuchsdienst". Dieser kann sehr unterschiedliche Schwerpunkte haben. Konditionell gut ausgestattete mit einem guten Magen versehene Besuchsdienstler an Geburtstagen die Kirchengemeinde repräsentieren, weil sie Geburtstagstorten und ähnliche Mehlspeisen aushalten müssen. Andere Besuchsdienstler wollen nicht gefüttert werden, sondern im Gegenteil helfen: Pflegen, Einkaufen gehen und Wege erledigen. Der dritte Typus möchte weder das Eine noch das Andere, er möchte verkündigen: Mit der Bibel in der Hand kommt man durchs ganze Land. Darüber hinaus mag es noch eine Menge von Spezialisten für besondere Probleme geben: Juristen, Sozialarbeiter, Ärzte und Psychologen. Aber wer auch immer, jeder erlebt einmal sein Waterloo: Der Geburtstagsbesucher bekommt keine Torte, der Hilfebesuchler wird nicht gebraucht und der Verkündigungsbesucher trifft auf einen völlig Schwerhörigen und der Ausgetretenenbesuchler schließlich kommt zu einem, der schon längst wieder in die Kirche eingetreten ist.

Pluralistisch wie die übrige Menschheit sollte der Besuchler in seinem Erscheinungsbild sein, will er doch nicht sogleich durch eine dezente Unaufdringlichkeit seine kirchliche Herkunft augenfällig machen. Kleine volkstümliche Attribute wären hier am Platze, vielleicht ein Besuchsdienst Pickerl am Auto oder am Fahrrad. Wenn man nicht nachgibt und immer wieder fragt, wie Gott lehrt, dann ist hier eine andere Antwort geboten: Er lässt lernen.

Dazu müsste man einen Werbefachmann fragen.

Aber nun kommt es noch schlimmer.

Es wird der Versuch gewagt, zu den Grundwasserströmen der Religion vorzustoßen. Es wird ganz einfach behauptet:
Wer eine Lehre der Bibel sucht, muss trunken sein! Der Satz ist durchaus doppelsinnig gemeint, aber darauf kommen wir ja noch. Das Lied von Olivier Messiaen über ein Gedicht von Baudelaire heißt: „Von der Trunkenheit". Es ist die Trunkenheit, die zu erreichen ist, um Fragen zu stellen, die man zur Erkenntnis braucht.

Macht euch trunken
Man muss stets trunken sein.
Darin liegt alles: nur um diese Frage geht's.
Um nicht die
grauenhafte Last der Zeit zu fühlen, die euch die Schultern zerbricht und euch zu Boden drückt,
müsst ihr euch ohne Unterlass trunken machen.
Aber trunken wovon?
Vom Wein von der Dichtung oder von der Tugend
ganz nach eurem Belieben.
Aber macht euch trunken.
Und wenn ihr manchmal aufwacht
auf den Stufen eines Palastes
auf dem grünen Rasen eines Grabens
in der traurigen Einsamkeit eures Zimmers
und die Trunkenheit schon schwächer geworden oder verflogen ist
dann fragt den Wind,
die Welle,
den Stern,
den Vogel,
die Uhr,
fragt alles, was entflieht,
alles was seufzt,
alles, was rollt,
alles, was singt,
alles, was spricht,
fragt, wie spät es ist;
und der Wind,
die Welle,
der Stern,

der Vogel,
die Uhr, sie werden euch antworten:
Es ist Zeit, sich trunken zu machen!
Um nicht die gequälten Sklaven der Zeit zu sein
macht euch trunken, macht euch ohne Unterlass trunken!
Vom Wein, von der Dichtung oder von der Tugend, ganz nach
eurem Belieben."
(Deutsch von Michael Roessner)

Dieser Baudelaire hat mehr gesehen und gefühlt, hat mit den Fragen nicht aufgehört und gewusst, dass man nicht viele Antworten bekommen kann. Er war einfach Frage-trunken und insofern fragt sich am Ende, welche Form der Trunkenheit das Lesen heiliger Texte hervorruft?

Lassen wir uns noch ein wenig auf Baudelaire und seine Gedanken ein, [22] vielleicht hilft uns das weiter.

„Der Wein wandelt den Maulwurf zum Adler." –
„Die Dämmerung versetzt die Wahnsinnigen in Erregung." –
„Die schönste List des Teufels ist es, uns zu überzeugen, dass es ihn nicht gibt." –
„Eine Folge von kleinen Willensakten liefert ein bedeutendes Ergebnis." –
„Ich begreife nicht, wie eine reine Hand eine Zeitung berühren kann, ohne Krämpfe von Ekel zu bekommen."

Er erspart sich und Anderen nichts, aber wenn der Wein den Maulwurf zum Adler wandelt, wenn weiters der Wein in allen Religionen eine Rolle spielt, ob nun in der Liturgie oder durch Verbot, dann lohnt es sich, dieser Spur zu folgen.

Es gilt die unterschiedlichen Brillen der Wahrnehmung einmal herunterzunehmen, damit man erkennen kann, wovon die Rede ist. Also nicht die übliche Arbeitsweise von Wissenschaftern und Restauratoren, die Schicht um Schicht an Übermalungen herunterkratzen, um dann endlich an das Original heranzukommen, was dann manches Mal recht ernüchternd sein kann. Das Original muss nämlich weder schön noch etwas Besonderes sein, nur ein Original eben.

---

22 Charles Baudelaire Tagebücher

Hier geht es umgekehrt. Also zuerst einmal weg mit der ersten Brille, die gezeigt hat, was man schon immer über Wein gewusst hat. Nichts weiß man. Dann weg mit der zweiten Brille der Halbbildung, die schon mal was hat sehen lassen von Weinmischungen im Mittelalter, Morgenwein oder auch Met genannt. Da ist zwar schon was dran an dieser Optik, weil diese Art von Wein kein Genussmittel, sondern ein notwendiges Getränk ist, weil man dem natürlichen Brunnenwasser nicht immer so ganz vertrauen konnte. Wein ist Lebensmittel.

Dann weg mit der dritten Brille, die mit Wein Rausch oder ähnliche ekstatische Erfahrungen verbindet, so als hätte es andauernd unter den Helden der Heldensagen Saufgelage und Wettkämpfe gegeben, wer am meisten von dem Gesöff aushält. Und wenn Walter von Aquitanien seinen Gastgeber unter Alkohol setzt, damit dieser „weinschwer" gerade noch den Weg in seine Schlafkammer findet, er selber aber fliehen kann, dann sind das Heldentaten, nicht Sachen aus dem normalen Leben.

Und schließlich setzen wir die vorläufig letzte Brille ab, die uns vorgaukelt, wir hätten das alles ja doch schon gewusst, wie die mit sich und dem Wein umgegangen sind – nichts ist wahr, denn die zahnlosen 25jährigen, die ihr hartes Brot in dem als Wein bezeichneten Getränk aufgeweicht haben, um es hinunterschlucken zu können, waren möglicher Weise schon damals nur virtuelle Helden – Maulhelden eben.

Und noch eine weitere Bemerkung sei erlaubt. Bei allem, was es auf dieser Erde gibt, und das gilt vor allem bei Erfindungen – und Wein war ja einst eine Erfindung – geht es zuerst einmal nicht darum, was man damit Positives bewirken kann, sondern es geht immer in die Gegenrichtung. Was kann ich damit anfangen, ist das vielleicht etwas, womit ich mich über meine Gegner erheben kann und vielleicht sogar stärker bin als sie: Erfindungen werden immer und sofort dem Machkalkül unterworfen.

Das gilt für den Wein und natürlich auch für das letzte globale Beispiel dieser Art ist ja wohl die Entdeckung der Kernspaltung mit dem Rattenschwanz an weiteren Entdeckungen und Erfindungen. So ist es auch beim Wein. Es geht nicht um seine möglicher Weise neue Dimensionen erschließende Wirkung, sondern es wird sofort und überhaupt vom Missbrauch geredet, vom Rausch, von Enthemmung und Bewusstseinsverlust. Die PR Manager der schädlichen Folgen des Weingenusses waren von Anfang an mit den besseren Konzepten ausgestattet, denn plakative Sätze gehen ein und bleiben haften.

Solcher Art dispensiert man sich elegant von sämtlichen Überlegungen über die rasiermesserscharfe Grenze zwischen Gebrauch und Missbrauch, man kann einfach vernachlässigen, dass binäre Codes in anderen Zusammenhängen und Sprachspielen eine Rolle spielen und auch dort schon lange, weil notwendig, ausdifferenziert werden.

Worum geht es also wirklich? Es geht um das Dionysische, also um die Erkenntnis, dass im Wein ein Teil jener Grenzenlosigkeit lebt, welche das „Urweltliche" wiederbringt. Es ist eine geistige Dimension, von der man später wird sagen können, es sei auch eine geistliche Dimension, die menschliches Wissen und Dasein transzendiert. Nun ist freilich Dionysos der jüngste der griechischen Götter, also die Frucht späterer Erkenntnisse, aber er ist nicht nur für den Wein, sondern auch für die Ekstase und die Fruchtbarkeit zuständig. Aber dieser junge Gott bringt zum Ausdruck, wozu die alten Götter nicht mehr imstande waren: Lebensfreude und Zukunftshoffnung, freilich auch Ekstase und damit den Zugang zu dem „Urweltlichen" ohne die Vermittlung von Schamanen oder Priestern.

Wein tröstet, wie wir in der Schrift lesen, erfreut das Herz der Menschen, lässt die Wahrheit sprechen und hebt Menschen über die alltäglichen Sorgen und Schmerzen. Freilich, es gibt auch das andere, das Schrecken erregende Gesicht des Weines, das vom Wein überwältigt werden bis hin zur Möglichkeit des Wahnsinns. Das sei nur der Vollständigkeit halber erwähnt, weil wir nicht wollen, dass man die oben genannte rasiermesserscharfe Grenze zwischen Lebensfreude und Sucht ignoriert.

Deswegen spielt der Wein in den Toten- und Opferkulten ebenso eine Rolle wie beim rituellen Mahl im Attis- und Mithraskult: die Teilnehmer des Mahles haben durch den Wein Anteil an der Gottesfülle. Er ist Symbol für die geistige Verzückung. Und von daher ist der Brückenschlag nachvollziehbar: Trunkenheit und Ekstase werden miteinander vergleichbar, wobei die Mystiker von Plotin an genau das herausgearbeitet, aber auch voneinander abgegrenzt haben.

Und genau diese Spuren finden wir vielfach und immer wieder.

„Was meinem Vater seinerzeit nicht gelungen war, das gelang nun diesem Liebeselend. Es erzog mich zum Zecher. Für mein Leben und Wesen war das wichtiger als irgend etwas von dem, was ich bisher erzählte. Der starke, süße Gott ward mir ein treuer Freund und ist es heute noch. Wer ist so mächtig wie er? Wer ist so schön, so phantastisch, schwärmerisch, fröhlich und schwermütig? Er ist ein Held und Zauberer. Er ist ein Verführer und Bruder des Eros. Er vermag Unmögliches; arme Menschenherzen füllt er mit schönen und wunderlichen Dichtungen. Er hat mich Einsiedler und Bauern zum König, Dichter und Weisen gemacht. Leer gewordene Lebenskähne belastet er mit neuen Schicksalen und treibt Gestrandete in die eilige Strömung des großen Lebens zurück.

So ist der Wein. Doch ist es mit ihm wie mit allen köstlichen Gaben und Künsten. Er will geliebt, gesucht, verstanden und mit Mühen gewonnen sein. Das können nicht Viele, und er bringt tausend und tausend um. Er macht sie alt, er tötet sie oder löscht die Flamme des Geistes in ihnen aus. Seine Lieblinge aber lädt er zu Festen ein und baut ihnen Regenbogenbrücken zu seligen Inseln. Er legt, wenn sie müde sind, Kissen unter ihr Haupt und umfasst sie, wenn sie der Traurigkeit zur Beute fallen, mit leiser und gütiger Umarmung wie ein Freund und wie eine tröstende Mutter. Er verwandelt die Wirrnis des Lebens in große Mythen und spielt auf mächtiger Harfe das Lied der Schöpfung. Und wieder ist er ein Kind, hat lange seidige Locken und schmale Schultern und feine Glieder. Er lehnt sich dir ans Herz und reckt das schmale Gesicht zu deinem empor und sieht dich erstaunt und traumhaft aus lieben großen Augen an, in deren Tiefe Paradieserinnerung und unverlorene Gotteskindschaft feucht und glänzend wogt wie eine neugeborene Quelle im Wald. Und der süße Gott gleicht auch einem Strom, der tief und rauschend eine Frühlingsnacht durchwandert. Und gleicht einem Meere welches Sonne und Sturm auf kühler Woge wiegt. Wenn er mit seinen Lieblingen redet, dann überrauscht sie schaudernd die stürmende See der Geheimnisse, der Erinnerung, der Dichtung, der Ahnungen. Die bekannte Welt wird klein und geht verloren und in banger Freude wirft sich die Seele in die straßenlose Weite des Unbekannten, wo alles fremd und alles vertraut ist und wo die Sprache der Musik, der Dichter und des Traumes gesprochen wird."[23]

So ist es im Rückschluss gesehen ganz logisch, dass vom Wein in der Schrift die Rede sein muss. Wein ist ein Kulturlanderzeugnis, ist also in der Zeit des wandernden Gottesvolkes vielleicht bekannt, spielt aber sicher keine Rolle im Leben. Insofern sind viele der Erzählungen über den Wein aus der Zeit vor der Sesshaftwerdung des Volkes Israel wohl Berichte, welche die Bedeutung des Weines schon den Urvätern in die Hände legt. Wein wird in der Regel positiv bewertet, er erfreut die Menschen und gilt als Gottesgabe.

Was die Weinqualität angeht, so war das Ergebnis von Traubenerzeugung, Mostgewinnung und anschließender Gärung kaum mit den heutigen Weinen

---

[23] Aus „Peter Camenzind" von Hermann Hesse

vergleichbar. Vermutlich ging fast jede Gärung mehr oder weniger daneben und aus heutiger Sicht unerwünschte Bakterientätigkeit erzeugte allerhand organische Säuren und somit eine Essignote im Wein, die aber wohl als normal empfunden wurde. Dennoch oder vielleicht gerade deswegen wurde das in Kauf genommen, weil das vorhandene Trinkwasser kaum diesen Namen verdiente und in erster Linie dem Vieh vorbehalten war; für Menschen war dieses Wasser in der Regel gesundheitsgefährdend, was man aus Erfahrung wusste. Das eigentliche Problem der Weinherstellung war aber die mangelnde Haltbarkeit der ohne effektive Konservierungsstoffe hergestellten Weine. Oxidation und Bakterien machten die Weine früher oder später ungenießbar. Deshalb gab es die eigentümlichsten Verfahren zur Geschmacksverbesserung und um das Getränk haltbarer zu machen.

Harmlos erscheint noch die Mostkonzentration durch Kochen oder der Zusatz von Rosinen, Honig oder Gewürzen wie Zimt. Aber man fügte auch Pfeffer Weihrauch oder Ziegenkäse hinzu. Zur Steigerung der Haltbarkeit waren auch Zusätze von Pech, Asche, Meerwasser oder Harz üblich.

Das Wort „Wein" ist über 170mal in der gesamten Schrift zu finden. Zählt man noch die Worte mit, die in inhaltlichem Zusammenhang mit dem Wort „Wein" stehen, so kommt man auf eine Wortzahl von über 500. Allein dieser Befund lässt schon die Dimension ahnen, in die wir uns hineinbegeben haben.

Wein gehörte zu jeder Mahlzeit dazu, natürlich wurde er auch bei festlichen Anlässen getrunken. Die Wirkungen eines übermäßigen Weingenusses galten in der Regel nicht als anstößig, obwohl es natürlich auch gegenteilige Stimmen gibt. Aber fangen wir doch mit den positiven Berichten an. War Noah der Urvater der Winzer und der erste Trinker? wie in Genesis 9, Vers 20 nachzulesen ist: Aus Freude darüber, dass sein Weinberg so wunderbare Früchte trug, trank er soviel von dem Rebensaft, bis sich alles um ihn dreht und er schließlich splitternackt mit einem Lächeln im Gesicht in seinem Zelt einschläft. So unbefangen von dem Rausch des Noah erzählt wird, so drohend wird darüber berichtet, was denen geschieht, die den Rausch eines Anderen ausnutzen.

Lediglich im Berichtstil und ohne Emotionen wird geschildert, wie die beiden Töchter von Lot ihren Vater unter Wein setzen, um Kinder zu bekommen, weil sonst weit und breit kein anderer Mann zu finden war. Aber irgendwie musste man ja wohl erklären, wo die Moabiter und Ammoniter ihren Ursprung haben: Sie haben den Lot als gemeinsamen Vater und jede der beiden, in dieser Erzählung nicht mit Namen genannten, sind sowohl Töchter als auch Mütter.

Ganz anders freilich schaut die Sache aus, wenn es um einen offenbar missratenen Sohn geht, der offenbar zu viel isst und trinkt (Deuteronomium 21, Verse 18 ff). Wenn man auch davon ausgehen kann, dass es sich um kultische Vergehen gegen den Eingottglauben und Götzenkulte handelt, welche den jungen Mann zu einem übermäßig ausschweifenden Leben veranlasst haben, so kann man doch sehen, dass der Genuss von Wein offenbar doch auch als bewusstes Mittel zur Bewusstseinsveränderung benutzt worden ist.

Wie lehrt Gott, war die Frage? Er lässt das pralle Leben leben.

ಲ

Alle Kaffeetrinker lehnen sich zurück und schweigen. Ich kann nicht mehr mit Bestimmtheit sagen, ob *dieses Kaffeetrinken* heute überhaupt noch stattfindet. Mit jeder weiteren Erzählung wurde die Szene durchscheinender. Waren es am Anfang noch die satten und prallen Farben des Lebens, die beim Blick in die Kaffeetassen Freude aufkommen ließ, wo man den Duft des jeweiligen Kuchen gewisser Maßen nur beim Hinschauen schon riechen konnte, so ist das jetzt, als würde das alles hinter einem Nebel stattfinden, der zudem immer weniger Blicke durchlässt. Wenn man die Geschichten und die handelnden Personen kennt, dann kann man hinter dem fast schon blickdichten Schleier die handelnden Personen noch erkennen, man kann, wenn man sich anstrengt, auch sehen, dass sie reden, aber man hört nichts mehr. Es ist eine eigene Welt in der Welt geworden. Als ich das letzte Mal hingegangen bin, um wieder einmal vorbei zu schauen, war nichts mehr zu sehen, gar nichts mehr! Man könnte Häuser und Landschaft ganz normal sehen und nichts deutete darauf hin, was früher einmal an dieser Stelle gestanden hat.

Manchmal frage ich mich, was aus dem Tisch geworden ist, um den alle herumgesessen sind? Kann es sein, dass er in einem alten Schuppen ganz hinten unter vielerlei Gerümpel steht und niemand ahnt auch nur im Entferntesten, was es für eine Bewandtnis mit diesem Tisch gehabt hat?! Und vielleicht fristen noch ungebrochene Teile des Geschirrs in manchen Küchen das Leben von nützlichen Tellern und Tassen, die man zum Beispiel zum Abmessen der Reismenge braucht, wenn man ihn zubereiten will. Oder aber sind so manche Teller einfach zu Blumenstockuntersetzern geworden, was mich persönlich ja freuen würde, denn die Malereien auf den Tellern können sicherlich einen guten Kontrast zu den Farben von Pflanzen und Blüten herstellen. Nur wird man dieses Geschirr eben nicht mehr Gästen vorsetzen, mit den vielen Makken und Sprüngen, es ist einfaches Küchengeschirr geworden – sofern es nicht vorher einmal zu Bruch gegangen ist.

Natürlich muss man sich fragen, was da geschehen ist? Waren das alles vielleicht nur „Gedankenkörper"?! Entstanden in den Vorstellungen der Betrachter und nur vorhanden, so lange diese existieren?

Aber nein, alle durch die Bank waren sie „Ganz Körper" – vielleicht zerfließt so ein „Ganz Körper" dann irgendwie?! Oder das Ganze ist überhaupt nicht so dramatisch, weil alles noch vorhanden ist, nur wir sehen es einfach nicht mehr?

Aber was wird am Ende – was immer das sein soll – aus dem „Ganz Körper" einfach ein Himmelskörper?!

Aber auch Himmelskörper explodieren manchmal!

Man kann es drehen und wenden, wie man will, den Ring mit den vier Diamanten, den gibt es, den kann man in die Hand nehmen und anschauen. Jeder einzelne Diamant funkelt für sich allein und alle blitzen sie gemeinsam, wenn das Licht auf sie fällt.

Dennoch, trotz aller Zweifel: Der Tisch ist gedeckt und der Kaffee ist fertig!

# Kinderwelten

Martin Bolz
**10 Jahre alt**
Buben- und Mädchenschicksale in den Jahren 1925 bis 1927. Aus Tagebüchern und Erzählungen der Kinderzeit

Ein Kind von 10 Jahren ist 10 Jahre alt. Neben diesem dürren wissenschaftlichen Befund gilt es aber eine ganze Welt zu entdecken, in der 10-jährige leben. Aus Tagebüchern und Gesprächen über die Zeit zwischen 1925 bis 1927 entsteht ein Bild, wie es den Kindern zu dieser Zeit ergangen ist, wie sie aufgewachsen sind und vor allem, im Sinne von Streiflichtern, wie es mit ihrem Leben weitergegangen ist. Fotos aus der Zeit, Postkarten, Zeitungsartikel und vieles andere aus diesen spannenden Jahren eröffnen Einblicke, die nach Vergleichen mit dem Leben der heutigen 10-jährigen fragen lassen.
Bd. 5, 2010, 136 S., 19,90 €, br., ISBN 978-3-643-50155-4

**LIT** Verlag Berlin – Münster – Wien – Zürich – London
Auslieferung Deutschland / Österreich / Schweiz: siehe Impressumsseite

Martin Bolz
**Alles was man wissen kann oder Was hinter den Türen ist**
„Alles, was man wissen kann" nennen sie das Spiel. So klingt das ein wenig nach Schule und dann können sie hinterher sagen, dass sie was gelernt haben. Und dann ist für sie noch wichtig, dass es heißt: ... wissen „kann" und nicht: ... wissen „muss"! Sie wollen sagen, dass sie sich nicht verpflichten lassen, etwas wissen zu müssen, weil da immer andere mitreden, wie viel oder wie wenig dieses „Muss" ist. Was man wissen kann, kennt nämlich keine Grenzen und auch keine Zensur. Was man wissen kann, das ist alles. Was man wissen muss, ist was ganz Bestimmtes, das dann auch im Zeugnis steht.
Bd. 8, 2011, 120 S., 19,90 €, br., ISBN 978-3-643-50302-2

**L**IT Verlag Berlin – Münster – Wien – Zürich – London
Auslieferung Deutschland / Österreich / Schweiz: siehe Impressumsseite